KB074488

찰랑한 나날

(음주가무)

찰랑한 나날 ✳

박지우

멜론
카르북스

음주가무자에겐
음주가무할 핑계가 백만 가지다.
인생의 모든 순간에
세상의 모든 공간에서
한잔할 이유를 찾고야 마는 사람의
오늘 마신 힘으로
내일 또 마실 힘을 얻는 이야기.

차례

엄마, 광란의 밤이 뭐야?

우리는 누구에게 처음으로 술을 배웠는가. 아니 그에 앞서, '술을 배운다'라는 말의 의미는 정확히 무엇인가. 보통은 이렇다. 명절에 집안의 큰아버지쯤 되는 분이 "주동이(편의상 주동이라는 가상의 미성년자를 설정하기로 한다)도 열여섯 살 정도 됐으면 이제 한 잔 해도 된다. 자, 받거라!"하며 술잔에 소주를 따라 주시면 옆에 있던 아버지가 "두 손으로 받고! 마실 때는 고개 돌리고!"하는 야단에 부리나케 고개를 횡으로 90도 종으로 90도 꺾은 기괴한 자세로 잔에 든 것을 털어 넘기고, 주변 어른들의 "어머 주동이 잘 마시네, 누구 닮았노!"하는 말들이 주동이의 뜨끈해진 목덜미 뒤로 오가는 것이다. 그러나 나는 이와는 다른 형태로, 이보다 아주아주 오래전에 술을 배웠다.

그 이유는 술을 배운다는 말을 내가 광의적으로 해석해 왔기 때문이다. 술을 아직 마시지 않았던 때라도, 술 마신 어른들의 불콰한 얼굴빛과 술자리의 떠들썩한 분위기나 냄새 같은 것을 구경하고 동경해 온 과정까지를 모두 〈주학酒學〉의 커리큘럼에 포함시킨다는 의미다. 때로는 술을 지나치게 마신 어른들이 실시간으로 못나지는 모습을 목도했던 것까지. 반면교사도 어떤 의미에서 교사라면 교사인 것이다. 그리하여 내가 술을 배운 최초의 기억은 일곱 살 무렵으로 거슬러 올라간다. 1999년 울산 병영동의 어느 높다란 골목에 있는 자그마한 성당으로.

엄마는 성가대 단장이었다. 파트는 소프라노였으며 세례명은 안젤리카였다. 안젤리카의 목소리는 빼어나게 아름다웠기에 당시 병영성당의 살아 있는 자랑이었다. 그래서 엄마는 평일과 주일의 다양한 미사에 성가를 부르러 빠지지 않고 참석했는데, 작은 아이였던 나는 미사 내내 가만히 앉아 있지 못하고 성당 구석구석을 돌아다녔다. 그러다 안젤리카의 단독 파트가 되면 잘 들리는 곳으로 뛰어 올라가 짐짓 뻐기는 마음으로(보아라, 저이가 나의 모친이다!) 가만히 노래를 들었다. 성가의 가장 성스럽고 거룩한 클라이맥스 부분이었다. 내 주를 찬미하나니, 하고 노래가 끝나면 박수와 아멘을 외치는 환호성이 성전에 가득 울려 퍼졌다. 신부님도 외치곤 했다. "역시 안젤리카의 목소리는 천사의 음성입니다!" 엄마는 이처럼 성당의 스타였는데, 진짜 명성은 미사가 끝난 이후의 시간에 쌓아 올려졌다는 것을 나는 곧 알게 되었다.

성탄절을 앞두고 성가대 연습이 한창이던 어느 한겨울 저녁이었다. 미사가 끝났지만 성가대 어른들은 그냥 집으로 돌아가기엔 아쉬운 눈치였다. 그때 안젤리카가 단장답게 카리스마 넘치는 목소리로 외쳤다. "여러분, 광란의 밤을 즐기러 갑시다!" 내가 만약 여느 또래와 같은 일곱 살이었다면 모든 것이 궁금한 나이답게 "엄마, 광란의 밤이 뭐야?"라고 천진하게 물어보았을 것이다.

그러나 나는 퍼뜩 눈치챘다. 왠지 흥분을 감추지 못하는 듯한 어른들의 얼굴과 "어유, 애 앞에서 못 하는 말이 없다!" 하며 비밀스레 속삭이는 프란체스카 아줌마의 웃음. 나는 짱구를 굴려 책에서 습득한 배경지식을 빠르게 떠올렸다. '광'이 들어간 말은 어딘가 이상하다! 미치광이, 어리광, 광해군…… 그리하여 또래보다는 조숙한 일곱 살답게 나도 그쯤은 안다는 듯 잠바를 챙겨 입고 따라나설 준비를 했다. 안젤리카는 내게 물었다. "니 심심하면 집에 먼저 가 있을래?" 나는 답했다. "아니, 나도 광남의 밥 먹고 싶다!"(정확히 알아듣지 못해 되는 대로 말함)

서로를 미카엘, 프란체스카, 수산나, 베드로 등 성경 속 성인의 이름으로 부르는 3040 성인들과 함께 나는 성전을 나서서 걸었다. 나오는 길에 성당 광장에 있는 성모 마리아상 앞에 잠시 서서 다 함께 기도를 했다. 나는 아직 기도하는 법을 몰랐으므로 혼자만 눈을 뜨고 멀뚱멀뚱 기다렸다. 전나무에 걸친 성탄 장식과 전구가 어른거려 하늘을 올려다봤더니 눈이 풀풀 날리기 시작했다. 눈이 성모님 눈에 앉아 사르르 녹았다. 성모님의 눈이 반짝인다고 생각했다. 성모 마리아님, 엄마랑 엄마 친구들이 행복하게 해 주세요. 성부와 성자와 성령의 이름으로 아멘. 99년 성탄 직전의 밤, 나도 모르게 최초의 기도를 읊조렸던 것 같다.

울산 병영성당 근처에는 유명한 막창 골목이 있었다. 학교가 끝나고 노느라 어둑어둑해진 어느 저녁에 그 골목이 궁금해서 슬쩍 기웃거려 본 기억이 났다. 컴컴한 하늘 아래 형형색색의 간판들이 번쩍였다. [막창 1번지] [부속 일체] [칼국수 무료]…… 그러나 텍스트보다 더 내 눈을 사로잡은 것은 입간판 속의 이영애 언니였다. "오늘 저녁 한잔해요!"라는 한마디와 함께 그녀의 옆에는 초록색 병이 놓여 있었다. 골목을 가득 메운 간이 테이블에도 저마다 그 병이 놓여 있었다. 이십 대로 보이는 언니 오빠들부터 나이 지긋한 어르신들까지 좋아하는 저 병 음료는 도대체 무엇일까? 비밀스럽고 무서웠다. 그 골목은 집으로 가는 지름길이었으나 왠지 다른 차원의 세계 같기도, 금아禁兒의 구역 같기도 해서 나는 큰길로 돌아서 다녔다.

안젤리카와 성가대의 성인들 덕에 나는 그 골목에 처음으로 발을 들였다. 안토니오 아저씨가 꼭 이 집에 가야 한다며 우리를 인도한 가게에는 〈5시5막창〉이라는 간판이 내걸려 있었다. "우리가 마침 여자 5명에 남자 5명이네요. 주님이 인도하셨네!"라는 농담은 25년이 지난 지금도 선명하다(마침 놀랍게도 5×5년이 지났다). 여하튼 9명의 성인과 1명의 아동은 자리를 잡으러 들어갔다. 가게 안은 이미 인산인해였다. 아마도 내 기억 속 최초의 술집 풍경일 것이다. 누렇고 들뜬, 뜻 모를 한자가 세로쓰기로 가득 찬 벽지에 촌스러운 서체로 프린

트된 메뉴판. 테이블마다 뜨끈뜨끈하게 올라오고 있는 가스불. 불판 위에서 지글지글 구워지는 희한하게 생긴 고기와 보글보글 끓어 넘치는 칼국수. 도깨비처럼 벌겋게 달아오른 어른들의 얼굴.

일곱 살짜리 아이가 좋아할 법한 요소는 단 하나도 없는 그 그림 속에서 나는 이유도 없이 행복감을 느꼈다. 그 기이한 행복감에 대해 지금의 나는 이런 결론을 내렸다. 술을 좋아한다는 성향은 DNA 염기서열에 각인된 무엇이라고. 누가 시키지도 않았는데 수영을 좋아하는 꼬마 선수처럼 술과 사람 사이에는 서로를 알아보고 끌어당기는 인력이 존재한다고.

동그란 철제 테이블 두 개를 붙이고 10명의 성가대 단원은 다닥다닥 둘러앉았다. 하이트 맥주와 화이트 소주가 몇 병 놓이고 번데기며 마늘, 당근 같은 기본 찬들이 차려졌다. 어른들은 저마다 잔을 채우고 나에게는 사이다가 주어졌는데 나는 꼭 소주잔에 마시겠다고 고집했다. 안젤리카가 외쳤다. "병영성당 핵심 멤바들과 하느님을 위하여!" 이어지는 "위하여!" "위하여!". 인생 첫 "짠"을 경험하는 순간은 짜릿했다. 동료도 아닌 사람들과 있지도 않은 동료애가 샘솟는 기분이랄까. 그렇게 수십 번의 "짠"과 "위하여"와 "지화자"와 "먹고 죽자"(이하 생략)가 오갔고, 가톨릭의 아홉 성인들은 점점 헬보이처럼 붉어져 갔다.

혼자만 멀쩡했던 나는 신비로운 술의 힘을 마음껏 관

찰했다. 빈 종이에 비밀잉크를 뿌리면 숨겨진 글자가 튀어나오는 것처럼 술이 부어지면 놀라운 진실들이 드러났다. 평소에는 수줍은 듯 조용한 미소만 짓던 세실리아 아줌마가 침을 마구 튀기며 웃을 줄도 안다는 사실과 미혼 남녀였던 야곱(야채곱창 아님) 아저씨와 안나 아줌마가 서로에게 은근한 추파를 주고받는다는 사실, 키도 크고 미남자라 모두가 좋아하는 프란체스코 아저씨가 훌쩍훌쩍 우는 버릇이 있다는 사실("또 시작이네!"라는 증언이 있었다), 그리고 아름답고 강한 단장님인 줄로만 알았던 우리 엄마가 테레비에 나오는 이영자 뺨치는 개그우먼이라는 사실까지. 아무리 재미있는 TV 프로도 이 자리만큼 흥미진진할 수는 없었다.

성가대답게 어른들은 2차로 노래방에 갔다. 점잖 빼는 성가 따위 언제 불렀냐는 듯 어른들은 각종 현란한 장르의 노래로 기강을 잡았다. 아저씨들이 현진영의 〈흐린 기억 속의 그대〉에 맞춰 춤을 추면 나도 신이 나서 함께 팔을 들썩였다. 왁스가 되어 오빠 나만 바라봐…… 아파 마음이 아파…… 하고 외치는 엄마를 보자 나도 마음이 아팠다. 그런데 엄마의 오빠는 지금…… 그사이 핸드폰이 일곱 번 정도 울리고, 여편네가 정신이 있는 거냐 없는 거냐는 아빠의 목소리가 핸드폰 너머로 들려오자 엄마는 현실 속 오빠를 기억해낸 듯했다. 새벽 2시 40분, 내 인생 최장 시간 깨어 있었던 그 밤에는 광란의 밤이라는 라벨이 붙여졌고 우리의 성탄제는 마감되었다.

조금 허풍을 보태어서 내 인생은 그날 저녁 이전과 이후로 나뉜다. 그전까진 관심도 흥미도 없었던 어른들이 갑자기 매우 가까이에서 지켜보고 싶은 반려 종족으로 등극했다. 어른이라는 족속의 귀여운 면, 깨는 이면, 매력적인 구석, 그 모든 부분이 술이라는 벽 저 너머의 세계에 존재했다. 그래서 나는 마실 수도 없는 술을 그때부터 사랑했던 것이다. 13년 후를 기약하며.

젯밥 서른 그릇과 탕국 두 다라이, 그리고 음복

지금은 어찌어찌 졸업했으나 나는 서른 해 가까이 명절마다 제사에 참여했다. 내 혈통의 근원지는 경상북도 의성군 구천면 청산리라는 깊은 골짜기 속에 있는 문중 마을이다. 시골 큰집은 그 마을 중앙에 꽤 버젓한 자태로 마당과 별채를 갖추고 자리해 있었다. 기억이 시작되는 대여섯 살부터 해마다 가을 겨울 두 번은 꼭 선명하게 명절의 풍경이 새겨졌다.

명절 당일 하루 전날. 마당에는 뭔가를 태우는 연기며 썰린 나무의 냄새 같은 것들이 훌훌 떠다닌다. 낡은 TV에선 명절 특집 방송의 어설퍼서 더 흥겨운 노랫자락이 흘러나온다. 큰아버지 중에서도 가장 큰 큰아버지, 희끗한 눈썹이 수직으로 1cm는 솟아 있고 눈이 부리부리해 고화 속 장군을 닮은 어르신은 마루에 앉아 화선지에 붓으로 뜻 모를 한자를 쓰고 있다. 다른 큰아버지 서너 명은 그 옆에서 바둑을 두거나 신문을 읽고 있다. 우리 아빠와 작은아버지 한 명은 담배를 피우며 소주를 마신다. "지짐이 안 오나!" 작은아버지가 외치면 부엌에서 "가요!" 하는 목소리가 들린다.

목소리가 흘러나온 부엌으로 향해 보자. 전깃줄이 연결된 육중한 사각 프라이팬 두 개 앞에 큰어머니 두 분이 각각 책임자처럼 양반다리를 하고 앉아 계신다. 프라이팬 위에서는 부침 반죽을 묻힌 지짐이들이 먹음직스럽게 지글지글 익고 있다. 버려지는 공간 없이 정연하게 올려진 채. 여러 해 동안 한 가지 일에 정통

한 장인의 솜씨가 느껴지는 본새다. 그 옆에 우리 엄마가 조수처럼 앉아 있다. 둥그런 대접에 든 반죽에 동그랑땡이며 명태 살, 산적 등속을 담가 알맞게 적셔서 건네 드리는 직무를 담당하고 있다. 엄마의 일은 그것 말고도 있었는데, 안 그래도 과묵한 데다 제사 준비에 지쳐 말 한마디 없는 큰어머니들 사이에서 재미있는 이야기를 꺼내고 우스갯소리를 해 에너지를 공급하는 것 또한 그녀의 몫이다. 가스불 쪽으로 가면 큰어머니 중 가장 큰 큰어머니가 내 몸뚱이만 한 다라이 앞에 서서 국자로 안에 든 것을 휘휘 젓고 계신다. 안에는 맑은 소고기 탕국이 끓고 있다. 큰어머니는 부엌의 주인이자 제수 음식의 지휘관이다.

다시 마루로부터, 이번에는 큰 큰아버지의 좀 더 엄하고 기세 강한 호통이 들려온다. "강순이 어마이! 지짐이 안 오고 뭐 하노!" 큰 큰어머니가 재빨리 대답한다. "지우 어매야! 지짐이 안 가고 뭐 하노!" 수다를 떨던 우리 엄마는 서둘러 접시에 지짐이를 담아 나를 부른다. "지우야! 오봉 가져가라!" 나는 어디에도 속하지 않은 채 두 세계의 가교를 담당한다. 이것이 내가 기억하는 명절의 풍경이다.

큰 큰아버지는 진사進士시다. 요즘 시대에 그런 걸 담당하는 기관이 어디에 있는진 몰라도 과거를 치르고 의관도 갖추셨다. 서원에서 십 년. 큰아버지가 유학을 공부한 햇수다. 소주 한잔 하면 큰아버지는 고려 말 목은 이색의 절친이 누구였으며 그들이 어쩌다 싸웠는지까지 어제 일처럼 들려주셨다. 큰아버지는 큰선비고, 모두 그 사실을 예우했다.

종손의 고독. 큰아버지 이야기가 나오면 엄마는 나에게 저렇게 말하곤 했다. 종손은 응당 몸가짐이 남달라야 하며 늘 도리를 지켜야 한다는 것. 유교의 정신을 고고히 이어 선비로서 살아가는 것. 이것이 큰아버지를 움직이는 평생의 준거였다고. 그래서 큰아버지는 시대가 바뀌며 자식 세대가 자신의 세대와 점점 달라질 때마다 어쩐지 외로워 보였다. 아들들보다 딸들이 더 총명하다는 사실에는 위태로워 보이기도 했다. 언젠가의 추석에 큰아버지가 나를 비롯한 사촌 조카들을 다 모아 놓고 탕평책이 무엇이냐, 하고 물었다. 중고등학생이던 사촌 오빠들이 제대로 대답을 못하고 있는데 초등학생이던 내가 답을 했다. "영조랑 정조 대왕이 붕당 싸움 없애려고 썼던 정치 제도 아입니꺼. 저는 책에서 읽었는데요." 그 당시 나는 영특하긴 하나 조금 재수 없는 초등학생이었다. 눈에 핏발이 서도록 오빠들을 혼내던 큰아버지의 붉은 얼굴이 아직도 생생하다.

그의 아내인 큰 큰어머니는 이 종손 어른과 약 40년 전에 결혼하셨다. 그러니까 1980년대에, 보수적인 걸로 둘째가라면 서러울 경상북도에서, 종갓집 며느리가 된 것이다. 박씨 집안에는 1년에 10번이 넘는 제사가 있었다. 그리고 큰아버지는 조상 한 분 한 분을 영원히 극진히 모시고 싶어 했다. 지짐이 한 장이라도 모자라면 아니 되었고, 제수 음식들은 정해진 자리에 놓여서 정해진 순서에 맞게 조상님께 헌정되어야 했다. 해마다 10번의 제사를 40년간, 그러니까 무려 400번의 제사를 치른 여성이 바로 우리 큰어머니다.

제사가 거행되는 명절 당일의 풍경은 이렇다. 이른 새벽부터 일어나 어른들은 양복을 입고 아이들은 단정한 옷을 입고 제사에 참석할 채비를 한다. 제사는 어린 내 눈에 참으로 기이한 광경이었다. 마루에 병풍을 세우고 그 앞에 기다란 상을 펴서 홍동백서로 음식을 놓은 다음 쌀밥에 숟가락을 꽂고 향을 피우고 한지에 한자를 써서 조상께 올리는 일. 그런데 그 의식 어디에도 여성은 없었다. 할아버지부터 큰아버지들, 작은아버지, 사촌 오빠들, 네다섯 살 먹은 어린 조카들까지 폼을 잡고 엄숙하게 서 있는데 죄다 남자들이었다. 그러면 여성은 어디에 있는가. 큰어머니들과 우리 엄마, 작은엄마, 그리고 나는 모두 부엌에 숨어 있다. 어린 사촌 동생이 쉬가 마렵다며 바깥으로 나가고 싶어 해도 작은엄마가 10분만 참으라며 나가지 못하게 막는다. 제사에 여자가 끼면 조상님이 노발대발하셔서 큰집에 벼락이 치는 것인가? 나는 진심으로 궁금했다.

제사를 마치고 난 후엔 다시 살아 있는 사람들의 잔치

(음주가무)

가 시작되었다. 긴 상에 다 같이 둘러앉아 제수 음식을 나눠 먹는다. 스무 명가량의 크고 작은 남성 어른들이 앉아서 오랜만의 회포를 푼다. 제일 나이 드신 할아버지를 좋은 자리에 모시고, 서열대로 앉아서 회사며 정치 이야기를 나누며 여유롭다.

한편, 동시에 부엌에서는 여성 어른들이 분주하다. 큰 큰어머니의 진두지휘하에 큰어머니들은 지짐이를 자르고, 작은어머니는 그릇에 밥과 나물을 담고, 우리 엄마는 다라이 속 끓고 있는 탕국을 그릇에 담고, 사촌 언니는 커다란 쟁반을 들고 다 된 젯밥을 바깥으로 나른다. 여러 해 동안 각자의 위치가 정해졌고 일사불란한 동작에는 조금의 낭비도 없다. 아마도 사촌 언니 중 한 명이 시집을 가면 그 자리는 나의 차지가 될 것이었다. 40분가량의 전쟁을 치르고 나서도 우리의 식사 시간은 아직 오지 않았다. 남성 어른들이 식사를 마치고 나간 자리를 치워야 하기 때문이다.

어느 해엔 이런 일이 있었다. 아무리 찾아도 향이 없었다. 제사를 지내려면 꼭 있어야 하는데 아무리 찾아도 보이지를 않는다고. 큰 큰어머니가 난색을 표하며 올해는 없는 대로 모시면 안 되겠느냐고 조심스레 말을 꺼냈다. 큰 큰아버지는 모두가 보는 앞에서 큰 큰어머니에게 불같이 화를 내며 소리를 질렀다. "지금이라도 장에 가서 사 오지 않고 뭣 해!" 종손의 고독. 나는 그 말을 다시 떠올렸다.

그 순간 조상님이 돌보셨는지 어디선가 기적같이 향을 찾았다. 마지막 퍼즐 한 조각을 맞추고 드디어 우리의 제사는 유교적으로 문제가 없게 되었다. "선비는 무슨 얼어 죽을, 씨발." 큰 큰어머니가 말하는 걸 난 들었다. "형님, 밖에 들립니더. 에이그, 육시럴." 다른 큰어머니가 말리려는 사람의 목소리에 맞지 않게 더 크게 말하는 것도 들었다.

여느 해처럼 완벽하게 치러진 제사의 끝에는 여느 해처럼 상다리가 휘어지는 식사가 딸려 왔다. 여느 해보다도 더욱 빈틈없이 아내들은 움직였지만 여느 해와는 다르게 얼굴에 찌푸린 표정이 밥 위의 나물처럼 풍성하게 얹혀 있었다. 남자 어른들이 나가고, 접시며 그릇을 치우고, 남은 음식을 모아 마당의 개에게 밥을 주고, 그제야 여자들도 식사할 차례가 되었다.

에그 허리야, 니미 죽겠네, 등등의 추임새와 함께 둘러앉은 여자들. 나는 조신한 어린이답게 어머니들의 눈치를 살피며 잠자코 나물밥을 비비고, 의젓한 언니 어린이답게 사촌 동생들의 나물밥까지 비벼 주었다. 큰 큰어머니는 속이 부대꼈는지 밥이 안 들어간다며 연신 탕국만 들이켰다. 다른 어머니들도 말없이 깨작대기만 했다. 그때 엄마가 부엌에서 무언가를 들고 왔다. 커다란 주전자였다. 가까이 가져오자 주둥이 사이로 달큼하고 요사한 냄새가 솔솔 났다.

(음주가무)

—지우 어매야, 니 그게 머꼬?

—저희도 음복해야지예(음복: 제사를 마치고 나서 참석한 사
  람들이 조상신에게 올렸던 술이나 제물祭物을 나누어 먹는 일. 신
  이 내리는 복을 받는다는 의미에서 음복이라 함).

—무슨 음복주를 그마이 마이 가꼬 왔노?

—향이 없어가 조상님이 노할 뻔하셨으이까 마이 마셔
  서 풀어 드려야지요.

큰어머니들은 엄마의 너스레에 깔깔 웃었다. 지금 와
서 하는 말이지만 음복주는 원래 한두 잔 돌려 나눠
마시는 것이 의례이나 우리는 그 의례에 속하지도 않
았으므로 몇십 잔을 마시든 도에 어긋날 게 있나 싶다.
처음엔 작은 사기잔에 한 잔씩 꼴꼴 따라 짠 하고 마시
던 큰어머니들은 이윽고 커다란 물컵에 음복주를 콸콸
부어 마셨다. 입으로 들어가는 안주는 지짐이였으나
상 위를 떠다니는 안주는 남편들이었다. 부산 놈팡이,
구미 시방새, 대구 개놈의자슥, 울산 망할놈 등등 경상
도 곳곳에 사는 남의 편들이 경쟁적으로 썹혔다.
흥이 오른 어머니들은 중학교 1학년이었던 나에게도
음복주를 따라 주었다. 맑고 진한 것이 영락없이 영험
한 맛이었다. 한 잔만 마셨는데도 볼이 뜨겁고 눈이 몽
롱해졌다. "지우 노래 한번 해 봐라!" 큰 큰어머니가
내린 명령에 나는 벌떡 일어나 18번인 주현미의 〈러브
레터〉를 신나게 불렀다. 구후름에 달빛 가하린 캄캄한

바함에. 모두들 휘파람을 불고 박수를 치던 기억이 어젯밤 술자리처럼 기분 좋게 선명하다.

두 곡쯤 부른 후였을까. 어머니들은 상도 치우지 않은 채 그대로 드러누워 잠을 잤다. 사촌 동생들은 둘이 놀다가 각자 엄마 다리를 베고 잠이 들었다. 나는 철이 빨리 든 어린이답게 그릇을 하나씩 포개어 부엌으로 옮겼다. 어머니들과 동생들이 깨지 않게, 달각달각 소리가 나지 않게 조심히. 뜨거운 물을 틀어 그릇들을 담가 놓고 행주를 적셔 상을 닦았다. 뽀득뽀득 소리를 내지 않도록 가만가만히. 저는 언젠가는 제사를 졸업할 거예요. 음복주의 영험한 기운을 빌려 괘씸하게도 나는 조상님께 그런 소원을 빌었다.

〈음주가무〉

음주가무를 장려하는 가정교육

중학교 3학년 겨울이었을 것이다. 고등학교 입학 고사가 끝난 시기였으니 정확히는 2007년 12월쯤. 당시를 나는 십 대의 최전성기였다고 내 나름대로 자평하고 있다. 아니 사실 말하자면 내 인생에서 가장 잘나갔던 때 같다. 내 손으로 쓰기엔 쑥스럽지만 전교회장이었던 데다가, 내 입으로 말하긴 그렇지만 성적마저 전교 1등이었던 것이다. 그리고 말이 나온 김에 한술 더 떠보자면…… 내 친구들은 꽤나 놀았다. (여기까지의 서술이 얼마나 유치한지 자각하고서는 몸서리를 한번 치고, 다시) 우리 무리는 울산동여중 3학년 11반에서 가장 웃기거나 목소리가 크거나 예쁘거나 옷 잘 입는 애들로 구성되어 있었다. 우리 열 명이 하나같이 몸에 딱 맞게 줄인 교복 치마를 입고 머리엔 리본 핀을 꽂고 아이돌처럼 일렬로 서서 복도를 걸어갈 때 나는 가장 유치하고 솔직한 형태의 안정감을 느끼곤 했다.

중학교에서 수행해야 할 모든 학업이 끝난 겨울이었으므로 우리는 더 이상 놀 수 없을 만큼 놀러 다녔다. 코인노래방부터 피시방에 홈플러스 시식 코너까지 다 점령하고 나자 우리의 다음 행선지는 각자의 집으로 흘러갔다.

—야, 정희 니네 집이 근처 아니야?
—희진이네 집도 엄마 아빠 없을걸?
—뭔 소리고 전교회장님 댁부터 방문해야지!

그리하여 첫 타깃은 우리 집이 되었다. 거절할 명분이 없었으므로 나는 초조해졌다. 그도 그럴 것이……

전교회장이며 전교 1등이라는 타이틀이 무색하게도 우리 집은 잘사는 집이 아니었다. 스무 평이 조금 안 되는 낡은 빌라에 들어서면 거실이라고 하기는 어려운 애매하고 긴 마루의 끝에 한 사람이 겨우 들어갈 수 있는 부엌이 있고, 그 부엌의 천장은 군데군데 칠이 벗겨지는 바람에 찌개에 페인트 가루가 떨어지지 않도록 비닐을 덧대어 놓았으며, 거실의 역할을 대리하는 안방에는 방에 비해 너무 거대한 퀸 사이즈 침대가 놓여 있었고, 안목이라는 것이 멸망한 게 분명한 누군가가 (아마도 큰고모였을 것이다) 선물한 자색 꽃무늬 암막 커튼이 그 방을 감싸고 있었다.

중학교 과학 시간에 풍화작용이라는 말을 처음 배운 이후로 나는 자주 우리 집이 풍화작용으로 사라진다면 좋을 텐데 생각했다. 내 자랑스러운 친구들을 그 공간에 머릿속으로 합성해 보고는 나는 견딜 수 없이 초라해졌다. 그냥 집에 갑자기 할머니가 와 계신다고 핑계를 댈까, 집이 리모델링 중이라고 할까, 이런저런 궁리를 하다가 결국 다 같이 우리 집 앞에 당도하고 말았다.

거실 겸 안방에 우리는 어색하게 둘러앉았다. 친구들이 우리 집에 실망했는지 어떤지 눈치를 살피느라 나는 실시간으로 살이 빠지는 기분이었다. 이런 내 마음을 엄마는 아는지 모르는지 그저 빅뱅의 노래를 하이파이 오디오로 크게 틀어 놓고는 "니들끼리 놀으라" 하고 휙 나가 버렸다. 전기장판으로 뜨거워진 궁둥이와 웃풍으로 시린 코 사이의 체온 차이가 점점 벌어질 때쯤이었나. 방의 미닫이문이 드르륵 열리더니 엄마가 불판과 삼겹살을 들고 들어왔다. 집 앞 단골 정육점에서 네 근 같은 세 근을 사 왔으니 넉넉할 거라는 말과 함께. 친구들은 잔뜩 신이 났다. "어머니 감사합니다! 잘 먹을게요!"를 외치는 우리를 뒤로하고 엄마는 또 "니들끼리 먹으라"며 휙 나갔다. 고기가 익어 슬슬 먹어도 될 때쯤 다시 엄마가 방문을 열고 들어왔다. 손에 맥주 피처 두 병이 들려 있었다.

엄마는 원래도 조금 이상한 엄마였지만 그 사달은 참말이지 이상했다. 중3 딸. 딸 친구들. 엄마. 맥주 피처. 단어들만 나열해 놓고 봐도 이상하지 않은가. 미성년자의 집단 음주란 '엄마 몰래'라든지 '엄마에게 들켜 혼이 남' 같은 말은 자연스러워도 '엄마가 권하여'라는 말은 당최 갖다 붙일 법한 말이 아닌 것이다. 나와 내 친구들은 너무 놀란 나머지 환호하는 것조차 잊었다. 우리들이 주고받는 눈빛에는 이런 대화가 실려 있었다. 진짜 먹어도 되는 거가? 우리를 시험하는 거 아니겠제? 나중에 혼나는 거 아니가? 지우네 엄마 짱이다……

엄마는 이번에는 "니들끼리 먹지 말고 아줌마가 줄게"라고 말했다. 그러고는 얇은 종이컵을 하나씩 배급하고는 시원한 맥주를 한 잔씩 따라 주었다. 비좁은 안방에서 신문지 위에 둘러앉아 우리는 또 "짠"을 했다. 누군가 본 건 있는지 고개를 돌려 잔을 비웠다. 그냥 마시던 친구들도 그 모습을 보고선 어설프게 따라 고개를 돌렸다. 교복 블라우스 위로 목덜미가 벌게지고, 전기장판 탓에 몸은 더욱 더워지고, 우리의 긴장은 후텁지근하게 녹아내렸다. 그러자 평소에는 하지 않던 내밀한 이야기가 흘러나왔다. 엄마의 채근 탓에 인문계 희망을 쓰긴 했지만 사실 자기는 상고에 가고 싶다는 이야기, 누구는 간호사가 되고 싶다는 이야기, 유학을 가고 싶어서 내년부터 돈을 모을 거라는 이야기 등등이 나른한 공기를 타고 훌훌 떠다녔다.

이상했다. 술은 우리에게 분명 금기인데. 미성년자가 술을 마시면 토하거나 울거나 기절하거나 혹은 세 가지 다 하는 줄 알았는데. 그러나 우리의 정신은 또렷했고 오가는 언어는 명징했다. 나른하고 졸리기는 해도 취하지는 않았다. 누구도 실수하지 않았고 누구도 슬퍼지지 않았다. 믿을 수 있는 어른과 함께 마시는 술이기에 이렇게 편안하고 기분 좋을 수 있었단 사실은 1년 후에 몸소 깨닫게 되었다.

시간이 흘러 때는 바야흐로 고등학교 1학년 봄. 여전히 불안정했던 열일곱 살의 나는 또다시 유치한 안정을 찾아 헤맸다. 당시 1학년에는 꽤나 놀 줄 안다는 애들

(음주가무)

이 두각을 드러내고 있었다. 걸스힙합 동아리에서 1학년 기장이 된 누구, RCY 언니들이 예뻐한다는 4반 누구 등등. 그들은 이따금 야자를 빼먹고 시내에 있는 노래방이나 룸카페에 가곤 했다. 학생學生이라는 감옥과 생生이라는 자유 사이에서 나는 그들 쪽에 합류하고 싶었고 마음이 부단히 바빴다. 결국 그들과 가까워지는 데 성공한 나는 나름의 나이트 라이프를 즐겼다.

어느 날 친구들은 나를 위험하고 자극적인 저녁 식사에 초대했다. 당시 그 지역 여고와 남고 사이에는 '연합'이라는 것이 암암리에 유행했는데 이를테면 H여고의 한별단과 H남고의 한별단 학생들이 모여서 게임도 하고 술도 마시고 그러다 사귀기도 하며 동아리 간의 친목을 도모하는 행사였다. 동아리 담당 선생님들은 물론 양교의 관계자 그 누구도 모르는 이 동아리 친선전은 1학년들의 사교계 데뷔 무대 같은 것이었다. 우정을 찾아, 남친 여친을 찾아, 혹은 그저 자유를 찾아. 울산 중구의 다양한 고등학교가 비공식 자매결연을 맺고 연합을 개최하곤 했다.
내가 다니던 H여고는 여러모로 명문이었지만 그 방면에서는 강남 8학군을 뺨치고도 남았다. 동아리 문화가 발달했고 선후배 간 문화 전수도 활발히 일어났기에 연합이 동시다발적으로 성행했던 것이다. 내가 초대받은 연합은 사진부였다. 사진부 부원이 아니었지만 그런 식으로 객원 멤버를 초대하는 것이 가능했다.

드디어 연합 당일. 술을 마시기 위해 석식도 든든히 챙겨 먹고 학원에 못 간다고 미리 전화도 해 놓고 나는 친구들이 인도하는 곳으로 따라갔다. 연합에 대해 어떤 낭만을 기대했던 나는 기대와는 다른 광경에 적잖이 실망했다. H고 남학생이 아는 대학생 형 자취방을 빌렸다며 안내한 그 방은 영화에서 본 낡은 여관방처럼 좁고 지저분했다. 누런 장판 위에 매트리스도 TV도 없이 얇은 이불 하나만 깔린 그 방에 양교 학생 여덟 명이 엉덩이를 붙이고 앉아 술판을 벌이기 시작했다. 모 남학생이 말아 주겠다며 한가득 따른 소주에 맥주 몇 방울을 넣고 잔을 건넸다. 그러자 우리 쪽에서도 질 수 없다는 듯 같은 술을 말아서 돌렸다. 경쟁적으로 우악스럽게 소맥을 연거푸 마시자 머리가 빙빙 돌고 토할 것 같은 기분이 되었다. 누군가가 자연스럽게 담배를 꺼내서 피웠다. '한라산'이라고 적힌 담뱃갑을 보고 여학생이 남학생을 놀렸다.

—니 할배가? 한라산이 뭐고?
—시바 담배 뚫리는 데가 없어서 동네 할머니네 구멍가게에서 샀다 아이가.
—니 이름 이제부터 한라산이다.
—가시나 장난하나.

그러고는 그 애들은 그날 저녁부터 1일이 되었다. 나는 까대기(마음에 드는 이에게 하는 구애 행위를 표현하는 경상도 사투리) 칠 줄을 몰랐고 나에게 까대기를 치는 애도 없었다. 그 사실이 나를 민망하게 해서 짐짓 고독한 타입인 척 술만 계속 마셨다.

몇 시간이 흘렀을까. 열일곱 살 학생들은 고주망태가 되었고, 누군가 〈날 봐, 귀순〉을 개사해 날 봐 혜미를 부르기 시작했고, 꽉 막힌 방은 아편굴처럼 담배 연기로 자욱했다. 한라산과 한라산 여친은 둘만 어디로 갔는지 보이지 않았다. 급하게 마신 술에 뇌까지 찰랑이는 와중에 나는 불현듯 외롭고 무서워졌다. 이곳은 나에게 어울리는 공간이 아니다. 나는 지금 악의 소굴에 있다! 지나온 나날이 주마등처럼 스쳐 갔다. 선량한 친구들, 다정한 엄마, 좋은 선생님…… 갑자기 수학학원 선생님이 가슴에 사무쳤다. 늘 나를 예뻐해 주셨던 선생님을 속이고 이곳에 와 있다는 사실이 죄송해 견딜수 없었다. 그래. 선생님께 용서를 구하러 가야만 한다.

그길로 나는 방을 빠져나와 전속력으로 뛰었다. 두려운 자유를 뒤로하고 편안한 감옥을 향해서. 달리고 또 달려서 한수위 수학학원 201호의 문을 열고 들어가자마자 토했다. 석식과 소주의 맛이 느껴졌던 것도 같다. 그때부터는 기억이 끊겨 암전.

만취해서 잠든 나를 학원 선생님이 엄마에게 인도했

고, 엄마는 아무 말 없이 나를 방에 눕혀 재웠다(고 추정된다). 겪어 본 적 없는 고약한 두통을 느끼며 잠에서 깨자 밥 짓는 냄새가 솔솔 났다. 엄마가 북엇국을 끓여 놨으니 와서 먹으라고 했다. 학교에는 오늘 못 간다고 말해 놨으니까 천천히 밥 먹어라. 니들끼리 술 마시니까 재밌드나? 토할 정도로는 왜 마셨노? 속은 안 아프나? 대답도 못하고 국물만 퍼먹고 있는 나에게 엄마는 빨래를 개면서 비죽비죽 웃으며 말을 건넸다. 니 술 먹는 건 괜찮은데 무섭고 괴로울 정도로는 먹지 마라. 나는 쪽팔려서 그저 끄덕이며 북엇국 같은 눈물을 뚝뚝 흘렸다.

그렇게 나는 또 한 번 술을 배웠다. 중3 삼겹살 맥주와 고1 소맥의 차이를. 안전한 술자리와 위험한 술자리의 간극을. 프로와 아마추어의 격차를. 누구나 술을 배우다 보면 추해지는 순간이 온다. 그 순간이 차라리 일찍 찾아와서 다행이라고 나는 스스로를 위로했다.

(음주가무)

원의 봉합술

엄마 아빠 오늘 부부 동반 여행 간다. 집 잘 지키고 있어. 이 말이 청소년에겐 얼마나 큰 희소식인지. 마치 폭설로 인한 긴급 휴교령 같은 느낌이랄까. 학생 해방 운동의 선구자가 된 기분의 청소년은 오롯한 혼자를 즐기기 위한 만반의 준비를 시작한다.

반숙 계란을 두 개나 얹고 스팸까지 썰어 넣은 사치스러운 라면을 끓여 온다. WINDOWS XP 운영체제의 PC를 켠다. 윈앰프 뮤직 플레이어로 케이팝 플레이리스트를 재생한다. 주황 갓을 쓴 귀여운 버섯 모양의 아이콘을 더블클릭한다. id: zzangpower9. pw: *******. 엔터. 계정 내에 속한 캐릭터들이 한곳에 모여 서 있다. 호밀루, 호밀로, 호밀러, 호밀루우, 호밀로오…… 본캐를 더딘 속도로 키울지 부캐를 폭풍 레벨업 시킬지 1분간 고민한다. 시간이 많을 땐 역시 본캐에 매진하는 것이 낫겠다고 전문가답게 판단한다. Lv124의 늠름한 창기사 '호밀루'가 울창한 숲속 마을 한가운데 뛰어내려 등장한다. 주황색 글씨의 친구 전용 채팅창이 소란스럽게 스크롤 된다.

[뻥셔틀후니: 밀루햄 ㅎ2ㅎ2]
[PREETY걸: 밀루오빠ㅏ 하잉! 하늘둥지2 로어 뛸 파티원 한자리 비는데 올래영?ㅎㅎㅎㅎ]
[OlZi법사: 밀루님 하이요. 올만.]
[인천오지호: 밀루형 여소 받을래? 렙 121 힐 개잘하고

컨트롤 개쩌는 비숍ㅋㅋ 캐릭도 개이뻐!]

[끝미녀s2: 야 밀루 내꺼거던ㅋㅋ 건들ㄴㄴ]

호밀루는 한 명 한 명 빼먹지 않고 정성스럽게 답장한다. 그렇다. 스카니아 서버 호밀루는 21세 남성이다. 잘생기고 젠틀한 데다 매너 플레이로 평판이 좋은. 그의 인기는 캐릭터 정보창의 인기도 2329라는 숫자를 통해서도 증명된다. 지나가던 남루한 캐릭터가 호밀루의 멋진 와꾸에 반해 인기도를 +1 올려 주고 간다. 호밀루의 인기도는 2330으로 상승했다. 호밀루는 F2키를 눌러 방긋 웃는 표정을 지어 준다. 비싼 물약인 '순록의 우유' 10잔을 떨구는 것도 잊지 않는다. 호밀루가 마을을 횡으로 걸어가는 동안 파티 요청과 친구 요청이 쇄도한다. 고렙의 능력 있는 부자 핸섬남. 이 세계의 호밀루는 바깥 세계의 모니터 앞에 앉은 안경 쓴 여중생이 갖고 싶어 하는 여러 자아의 총체다.

한껏 고양된 여중생은 부엌으로 가서 머리 높이의 찬장에 손을 뻗는다. 아빠가 숨겨 둔 꼬부랑 글씨의 양주병을 꺼낸다. 금속 뚜껑을 돌돌 돌려 연 후 델몬트 유리컵에 꼴꼴 따른다. 본 건 있어서 얼음도 가득 채운다. 방문을 닫고 한 모금 마셔 본다. 라면 국물을 안주 삼아 홀짝홀짝 잘도 마신다. 화면 속에 있던 미나르숲의 드래곤들이 눈앞에 유유히 날아든다. 호밀루의 바깥세상은 점차 소거된다. 음악 소리를 줄이라는 말은

음주가무

들리지 않는다. 라면 말고 밥 먹으라는 우려의 목소리
도 없다. 보스몹의 HP가 5%가량 남은 고지를 눈앞에
둔 순간에 PC 전원 버튼을 누르려 하는 아빠의 발소
리도 없다. 혼자. 그것은 세상에서 가장 황홀한 상태를
일컫는 말이나 다름없었다.

15세 박지우에겐 바깥세상이 말 그대로 외지였다. 학
급 반장으로서, 외동딸로서 해야 하는 일들을 다하고
돌아온 그의 진짜 세상은 늘 안쪽에 숨어 있었다. 서
랍 속 일기장에 있었고 모니터 속 게임창에 있었다.
2G 핸드폰 속 채팅창에도, 마음속 또 다른 자신에게
도 있었다. 그 안을 들여다보며 호밀루는 오랜 시간 동
안 간절히 혼자가 되기를 바랐다. 그래야 비로소 진정
한 자신이 될 수 있을 것만 같은 확신이 있었다.
바람대로 그는 십 대를 졸업하자마자 반영구적으로 혼
자가 된다. 울산에서 홀로 상경한 스무 살 청년의 대학
생활이 시작되었던 것이다. 자취를 시작하는 기분은
다음과 같이 묘사할 수 있다. 서울에서 울산까지의 직
선거리인 307km를 반지름으로 원을 그리고 중심에
선다. 원의 곡선은 불가침의 경계다. 나를 나답지 못하
게 만들었던 모든 것을 정중히 가리는 둘레가 된다. 원
의 안쪽은 숙제 검사 없는 방학의 생활계획표와도 같
다. 중심으로부터 몇 개의 선을 긋든 어느 방향으로 뻗
치든 내 맘대로다. 철저하게 자기중심적인 원의 세계를

종횡무진 하는 것으로 나의 one's life는 시작되었다.

학업을 이행해야 하는 시간을 제외하고는 아무렇게나 살았다. 일어나고 싶은 때 일어나고 잠들고 싶을 때 잠드는 것은 기본 중의 기본이었다. 이야기하고 싶은 사람이 있으면 새벽에 만나러 가기도 했다. 여의치 않으면 밤새 통화를 하고 핸드폰을 귀에 댄 채로 잤다. 햄버거를 종류별로 사 와서 게임을 하며 한 입씩 먹었다. 컴퓨터는 한시도 쉬지 않고 돌아갔다. 수백 시간 내내 불을 꺼트린 적 없다는 국밥집 사골 육수처럼. 전원 버튼에 먼지가 쌓일 정도였다.

그러나 혼자는 그 자유의 면적만큼이나 책임의 부피도 거대하다는 것을 빠르게 배우게 된다. 그 부피는 이런 것들이 차지하고 있었다. 방바닥에 매일 쌓이는 머리카락과 먼지. 2주 정도 지나면 제법 두터워져 푹신하기까지 한. 씻지 않고 방치한 배달음식 용기에서 탄생한 새로운 생명들. 어느 날 아침 불덩이가 된 몸으로부터 뿜어져 나와 이불 속을 가득 채우는 열기. 이마에 손을 대고 열이 있네,라고 진단해 줄 사람 하나 없는 적막한 방의 공기. 장마철에 여행을 다녀왔더니 환기가 되지 않아 벽의 사면에 핀 곰팡이의 정원. 그토록 갖기를 소망했던 원의 공간은 퀴퀴한 냄새가 나고 볼품이 없었다.

망가져 가는 원을 보수해 보려는 하루도 있었다. 잘 해

먹고 살자 되뇌며 씩씩하게 마트에 갔다. 돼지고기 등심 반 근과 튀김가루, 돈가스 소스를 사 왔다. 몇 시간 동안 레시피를 보면서 낑낑대며 돼지고기를 튀겼다. 살짝 탔고 눅눅해 보이긴 하지만 제법 노릇노릇한 모양새로 돈가스는 완성되었다. 최초의 육식을 마주한 인류의 마음으로 팬에서 접시로 돈가스를 옮기려는 순간, 어설픈 호모사피엔스의 손이 미끄러져 버렸다. 돈가스 두 장은 더러운 물과 음식물 찌꺼기로 질펀한 싱크대 속으로 그대로 다이빙하고 말았다. 익사한 돈가스를 가만히 서서 바라보다 식욕마저 사라진 인간은 침대에 모로 누웠다.

하소연하고 싶은데 새벽이라 딱히 연락할 이가 없어 그냥 랜덤채팅 앱을 열었다.

(랜덤한 상대가 입장했습니다)

당신: ㅎ2

낯선 상대: 25 남 / 누나 급구 / 노예놀이 하실 분

(당신은 채팅을 떠났습니다)

(랜덤한 상대가 입장했습니다)

당신: 뭐 하세요?

낯선 상대: 니생각하면서 딸치는중

(당신은 채팅을 떠났습니다)

(랜덤한 상대가 입장했습니다)

낯선 상대: 전남여자손

(당신은 채팅을 떠났습니다)

(랜덤한 상대가 입장했습니다)

당신: 안녕하세여

낯선 상대: C컵 / 노브라로 캠하실 남자분 ^.~

당신: A컵 / 저도 노브라긴 한데 여잔데요

(상대방이 채팅을 떠났습니다)

원의 주인은 깨달았다. 반경 307km 안에 나를 돌보는 사람이 없다는 것을. 원 안에서 아무리 팔을 뻗어 봐도 손을 맞잡아 주는 생명이라곤 곰팡이나 초파리밖에 없다는 것을. 인간으로서의 기본적 존엄을 지키기 위해 주기적으로 해야 하는 많은 일을 호밀루는 할 줄 몰랐다. 청소, 요리, 빨래, 마음 관리. 그것들이 자동으로 돌아가는 생태계의 원리인 줄만 알았다. 제멋대로 그었던 원 안의 선들은 알고 보니 균열이었다. 원의 생활은 이토록 쉽게 쩍쩍 금이 가고 말았다.

레오나르도 다 빈치가 그린 〈비트루비우스적 인간〉처럼 누워서 팔다리를 원형으로 휘젓다가 나는 질금질금 울었다. 쥐똥만 한 눈물은 곧 폭풍 설사 같은 눈물을 잡아 끌어올리는 자력이 있다. 그 힘에 이끌려서 나는 곧 엉엉 울었다. 눈물을 쏟고 나니 새로운 힘이 솟기는 커녕 더욱 무기력해졌다. 무엇을 바꿔야 하겠다는 것은 분명한데 무엇부터 어떻게 바꿔야 할지 알 수 없었다. 공부와 게임 말고는 할 줄 모르는 바보 멍청이 같으니라고.

그때 찬장 속 아빠의 양주가 생각이 났다. 한 모금으로 세상을 내 휘하에 둔 것 같던 기분이 떠올랐다. 무엇이든 할 수 있을 것 같았던 황홀감이 기억났다. 어떻게든 몸을 일으켜 집 근처 세계 주류 판매점으로 향했다. 매대에서 똑같은 꼬부랑 글씨의 병을 찾았다. 그 꼬부랑 글씨는 발렌타인이었다. 한 병을 소중히 사 들고 와서는 그때처럼 돌돌 따서 꼴꼴 따랐다. 얼음은 없었다. 얼음을 얼려야 얼음이 만들어지는지도 몰랐던 탓이다. 덕분에 스트레이트로 한 컵을 꿀꺽꿀꺽 원샷으로 마시고 나는 거나하게 취해 강해졌다. 곰팡이와 먼지들이 무찔러야 하는 몬스터로 보이기 시작했다. 집에 있던 수건을 아무렇게나 접어 물에 적셔서 밀대 끝에 꽂았다. 나는 다시 Lv124의 창기사가 되었다.

양주의 버프를 받은 창기사는 폭주하여 온 곳을 쓸고 닦기 시작했다. 밀기 공격을 받고 곰팡이 Clear. 쓸기 공격을 받고 먼지 Clear. 초파리는 맨손으로 마구 잡았다. 징그럽고 두려웠던 초파리 떼는 Lv1의 연약한 몬스터였다. 내친김에 싱크대 속의 돈가스도 처리했다. 지저분해서 엄두가 안 나던 것이 그렇게 사소해 보일

수 없었다. 이왕 시작한 김에 화장실 바닥의 물때도 닦았다. 세면대와 변기를 빠득빠득 소리가 날 때까지 닦았다. 그렇게 취한 채로 나는 장장 네 시간의 사냥, 아니 대청소에 성공했다. 집이 깨끗해지면 몸과 마음이 단정해진다. 몸과 마음이 단정해야 인생이 깔끔하다. 이것이 그날의 퀘스트가 준 교훈이었다.

그 후로도 원 안의 생활이 너절해질 때마다 독주 한 잔을 마셨다. 그리고 무적이 되어 사냥을 시작했다. 미친 듯이 빨래를 개고 끝도 없이 쓰레기를 모아 날랐다. 엉망진창이 된 마을을 복원하는 비장의 기술을 선보이는 기분으로. 술의 힘에 기대면 뭐 어떤가. 일 잘하는 용사는 물약부터 똑똑하게 쓰는 법이다.

음주가무

24학번들이 이 글을 보지 않기를

3월의 신촌은 마치 거대한 포석정이나 다름이 없었다 (신촌에는 실제로 포석정이라는 이름의 술집이 있다). 술이 물길을 이루어 대로 전체를 휘감고 20대의 청춘 남녀가 줄지어 그 술을 퍼마시는 것이었다. 골목마다 예닐곱 개의 술집이 다닥다닥 붙어 새벽 네다섯 시까지 장사를 했다. 〈양푼이 주막〉에서는 경영학과 최강5반 60명이 모여 개강파티를 열었음 직하고 그 옆집 〈썬더 치킨〉에서는 대학교 방송국이 신입 기수 환영 뒤풀이를 하고 있었을 법하다. 그리고 건너편, 신촌의 등대라 불리던 〈더블더블〉에서는 심리학과 11학번 여자 10명과 육군사관학교 10학번 남자 10명이 이른바 과팅을 하고 있었을지도 모른다.

물론 그중 어딘가에 나도 있었다. 행정학과 11학번 새내기 전원과 10학번 인싸 선배들, 도합 120명 남짓이 신촌 〈하이트잭〉이라는 생맥줏집에 모여 음주가무의 정석을 배우고 있었다. 내 인생 최초의 합법적인 단체 술자리였다. 당시의 술판은 나에게 적잖은 충격이었다. 십 대 시절 나름 치열하게 공부를 해서 대학에 합격한 사람들이라고는 믿기지 않을 정도로 난장판이었기 때문이다.

술 게임은 누가누가 목소리가 더 큰지 겨루는 시합 같았다. 하늘에서 내려온! 감! 자가! 하는 말!을 부르짖을 줄 알아야만 오, 좀 놀 줄 아는 놈 취급을 받을 수 있었다. 신도 재미도 나지 않지만 아 신이 난다! 아 재미난다! 더 게임! 오브 데스!라고 외칠 줄 알아야만 했다. 그렇지 않으면 수줍고 맥없는 아싸로 도태될 것만 같은 기분이 들었다. 그중 가장 목청이 우렁찬 학우는 FM으로 지목되곤 했다. 열에 아홉은 남학우였다. 통일- 연세! 최고지성- 사회대! 아 민주행정! 11학번 귀염둥이 이○○ 당차게 인사드립니다!로 시작되는 사자후를 모두가 낄낄대며 주목했다. 나는 뒤질세라 손뼉을 치며 환호했다. 늘 그렇듯이 끼이지 못하면 불안해하는 성격의 소유자였으니까.

그러다 분위기가 무르익으면 꼭 거행되는 의식이 있었다. '탑 쓰리'. 우리 과에서 TOP에 속하는 세 명을 꼽아 보라는 질문으로, 선배 중 누군가가 새내기 누군가를 지목해 탑 쓰리를 물어보곤 했다. 학점 탑 쓰리였을까? 인격 탑 쓰리? 우우, 그런 노잼은 나가리를 면치못했을 것이다. 그야 물론 사귀고 싶은 사람 탑 쓰리였다. 10 여자 선배 누가 탑 쓰리에 제일 많이 꼽혔다더라, 11 남자애 누가 11 여자애 누구를 찜했다더라, 1호 CC가 곧 탄생하겠더라 등등 핫한 풍문들을 양산하며 탑 쓰리 의식은 우리를 보이지 않는 티어로 나누어 주었다. 어김없이 탑 쓰리에 거론되는 인물이 있었고, 그들은 0티어로 추대받았으며, 이따금 의외로 꼽히는 친구들은 하위 티어에서 상위 티어로 올라가는 듯해 보였다.

또 하나의 끈끈한 의식은 '담타'였다. 쉰 목과 달아오른 뺨을 식히러 한두 시간마다 삼삼오오 모여 담배를 피우러 나가곤 했다. 담타는 연대로 향하는 지름길이므로 전국의 대학가 골목골목에서 수많은 학우들의 우애가 돈독해졌을 것이다. 담타를 하기 전에는 선배 후배 하던 남학우들이 20분 후에 돌아와서는 형 동생 하며 서로를 의형제처럼 챙기는 모습을 어렵지 않게 목격할 수 있었다.

광란의 한 달을 보낸 후에 나는 깨달았다. 이 의식들 중에 내가 잘할 수 있는 게 그다지 없다는 것을. 뛰어난 성적으로 과를 제패하고 싶었던 나는 술자리 실력으로는 과탑 자리에 오르기 어렵겠다는 것을 직감적으로 알았다. 2011년 대학의 술 문화라는 것은 그렇게도 기울어진 듯이 내게는 느껴졌다.
우선 나는 목소리 크기로 술자리를 주름잡을 수 없었다. FM을 하는 남학우는 정해져 있었고, 잘 놀고 대담했기 때문에 그들에게 역할이 주어졌다. 통계적으로 목소리가 작고 여린 여학우에게 FM 같은 험한 임무를 시키지 않는 건 매너 있(다고 여겨지)는 불문율이었다. 통일연세 최고지성 사회대에 다니는 11학번 귀염둥이가 여성보다 남성이 훨씬 많았을 리 만무하지만, 그렇게 자신을 소개할 수 있는 기회는 남학우에게 훨씬 자주 주어졌다.

탑 쓰리는 또 어떠한가. 탑 쓰리는 남학우와 여학우 모두가 거부할 수 없이 한 번쯤은 거쳐야 하는 관문이었지만 묘하게 여학우에게 더 집요했고 더욱 짓궂은 듯했다. 대답을 하고 나면 거론된 그 사람을 불러 옆에 앉힌다든지 러브샷을 시킨다든지. 마지못해 한 대답에 죽자 사자 달려드는 선배들이 꼭 있다. 대답을 받아들이는 온도 차도 이상했다. 남학우의 탑 쓰리는 호방한 용기로 쳐주었다. 저 친구가 기세 좋게 취향을 밝히는군! 그러나 한 여학우가 거침없이 탑 쓰리를 꼽자 어떤 선배가 이렇게 말했던 것이 잊히지 않는다. ○○이가 남자를 꽤 밝히네? 같은 대답을 하는데 왜 누군가는 취향을 밝히는 것이 되고 누군가는 이성을 밝히는 것이 되는가. 그때도 지금도 나는 그 차이를 이해하기 어렵다.

무엇보다 답답했던 것은 담배 타임에 낄 수 없다는 거였다. 2011년에는 놀랍게도 '담밍아웃'을 한 여학우가 단 한 명도 없었다. 나 포함. 여고 시절 뒤뜰에 몰래 숨어 담배를 피우던 나는 스무 살이 되면 자유로운 흡연가가 될 수 있을 줄 알았다. 하지만 수십 갈래의 신촌 골목과 30만 평의 교정 어디에도 내가 당당히 끽연을 할 수 있는 곳은 없어 보였다. 당시만 해도 여자가 담배를 피운다는 문장은 많은 선입견을 함축하고 있었기 때문이다. 발랑 까졌다, 노는 애다, 불량하다 등등. 지금은 많이 흐릿해지긴 했지만 여성의 흡연에 대한 곱지 않은 시선이 여전히 어딘가에 존재한다는 것을 생각하

〈음주가무〉

면 당시에는 얼마나 선명했을지 짐작할 수 있을 것이다. 물론 서술한 광경들은 당연히 일반화될 수는 없다. 이런 분위기와는 거리가 먼 선배와 동기도 있었다. 차별을 좋아하지 않는 사람, 차별이 폭력임을 아는 사람도 분명히 존재했다. 그러나 문제는 늘 폭력이 비폭력을 압도하기 쉽다는 데 있다. 목소리가 크고 힘이 센 사람이 분위기를 지배한다. 그것은 말하자면 「우리들의 일그러진 영웅」의 엄석대가 혼자서 반 아이들 전체를 좌우하는 것과 비슷한 이치다.

대학 첫해에 만난 친구도, 수업들도, 그 모든 것이 찬란했으나 유일하게 음주생활만은 이처럼 암흑기였다. 문화와 오락이 쇠퇴하였다는 중세 시대처럼, 술자리에서의 잊지 못할 대화라든지 지성인들의 술자리다운 열띤 토론 같은 추억은 (아예 없지는 않았을 것이나) 대체로 깜깜하다. 대신에 보이는 않는 벽과 섀도복싱을 하느라 힘을 뺐던 기억만이 그득하다.

한편 5년 후 10년 후에 사회에서 만난 후배들의 증언을 통해 알게 된 사실도 있다. 대학교에는 그 후로도 나처럼, 아니 나보다 용기 있게 벽과 싸워 온 사람들이 있었다고. 그래서 해마다 조금씩 그 벽이 허물어졌다고. 어느 해 새터(새내기 배움터)에서 어떤 학생회장이 〈자치 규약〉이라는 것을 만들어 방마다 붙였고, 그 규약에는 '하나. 술을 강권하지 말아요' '하나. FM을 남발하지

말아요' '하나. 탑 쓰리를 물어보지 말아요' 등의 규문
이 또박또박 손글씨로 적혀 있었다고. 첫해에는 소수의
선배들이 그것을 모른 체하거나 아예 비웃고 뜯어 버린
적도 있었다고. 그러나 다음 해에는 그 글씨가 더 진해
지고 종이는 더 두꺼워졌다고. 해마다 차츰 그것이 지
켜야 할 룰로 여겨졌다고. 지금은 자치규약 같은 걸 붙
이지도 않는다고. 누구나 상식으로 아는 것을 굳이 읊
을 필요도 없기 때문이라고. 나와는 다른 시대를 만들
어 간 학우들에게 나는 경의를 표하고 싶다.
여기까지 쓰고 새삼스럽게 기도한다. 24학번들이 이
글을 보지 않기를. 이런 음주의 시대는 모르기를.

영화제를 누가 영화 보러 가나

S#51. 대학교 멀티미디어실 DVD 서가 뒤편 작은 방

한쪽 벽면에는 영화 포스터가 5행 10열 정도로 빈틈없이 정연하게 붙어 있다. 기다란 테이블을 가운데 두고 동아리 부원 다섯 명과 동아리 지원자 두 명이 맞대면해서 앉아 있고,

면접관1　　지우 씨는 무슨 영화 좋아하세요?

박지우　　저는 음, (잠시 목청을 가다듬고) 꿈에 관한 영화를 좋아해요. 내가 살고 있는 세계가 꿈인지 현실인지를 묻는 영화요. (짐짓 꿈 꾸는 듯한 눈빛으로 허공을 잠시 올려다본 뒤) 혹시 보신 분이 있을지 모르겠지만 〈바닐라 스카이〉를 제일 좋아해요. 이 대사가 한동안 제 알람 소리였거든요. (빙긋 웃으며) 오픈 유어 아이즈.

다섯 명 중에 세 명 정도가 반가워하는 눈짓 손짓.

S.E. 두어 명이 발을 구르는 소리 탁 타닥 탁. 옆 면접자의 긴장한 듯한 헛기침 소리.

면접관2　　그러면 혹시 싫어하는 영화도 있으세요?

박지우　　(결연한 목소리로, 인상을 찌푸리며) 〈피에타〉요. 김기덕 감독님 영화는 너무 불쾌한 것 같아요. 휴. 보는 사람의 마음을 불편하게 만드는 영화가 싫더라고요.

면접관3　　호오. 피에타 언제 보셨어요?

박지우　　아 저…… 사실 아직 안 봤는데요……

망할, 떨어지려나. 쳇. 역시 영잘알인 척하는 게 아니었는데. 2013년 가을, 영화 동아리 〈연시〉의 신입 면접이 한창이던 저녁. 영화 동아리 부원이 되려면 웬만한 영화는 꿰고 있어야 한다는 어리숙한 맹목 탓에 나는 아뿔싸 보지도 않은 영화를 본 체하고 말았다. 읽지 않은 책을 읽은 체하거나 배우지 않은 지식을 아는 체하는 사람들을 지성인들은 얼마나 경멸하는가. 아아 역시 떨어질 게 당연해,라고 생각하며 나는 그 부끄러움을 핑계 삼아 그날 저녁에도 혼자 술을 마셨다.

집 앞의 작은 낮카밤바(낮에는 카페였다가 밤에는 바가 되는 가게) 〈다쿠안〉에 앉아 블랙 러시안을 홀짝이며 애꿎은 김기덕 감독을 원망하고 있는데 문자가 왔다. [안녕하세요 영화 동아리 연시입니다. 지원자님의 7기 합격을 축하드립니다. OT는 9월 26일 목요일 7시에 진행됩니다.] 이것이 꿈인가 생시인가 홍시인가 연시인가. 뻥이라는 도덕적 흠결에도 불구하고 그것을 덮어 버릴 만큼 강력한 매력과 위트가 어필되었나 보다 하고 나는 자축했다. 그러나 사실은 신입 부원 정원이 열다섯인데 지원자가 겨우 열일곱 명이었고, 그중 한 명은 면접 불참에 또 한 명은 졸업 직전 학기라 제외되었다는 비하인드는 뒤늦게 알게 되었다.

아무튼 이유가 뭐 중요하랴. 영화를 좋아하는 내가 영화 동아리의 일원이 되었다. 대학생활 3년 만의 첫 동아리 라이프였다. 3년간 학생회 활동에 공부만(은 아니고 술도 마시고) 하느라 그 외의 땅은 밟아 본 적이 없던 내게 처음으로 취미라는 것이 싹튼 사건이었다. 어떤 학우들이 모인 곳일까? 어떤 이야기를 나누게 될까? 내 영화적 소양이 짧아 비웃음을 사지는 않을까? 이런저런 설렘과 두려움과 떨림을 품고 나는 연시의 첫 모임에 나갔다.

S#52. 대학교 멀티미디어실 미디어감상용 소극장

5행 8열로 40개 좌석이 배치된 소규모 독립영화관 느낌의 공간. 신입 부원 열다섯 명이 군데군데 어색하게 앉아 있다. 여유로워 보이는 기존 부원들도 사이사이에 끼여 앉아 있다. 회장으로 보이는 남학생, 앞에 서서 오리엔테이션을 진행하는데……

> **양진호**　　　연시는…… 연세 시네마의 줄임말이라고 하는데요. (큼큼) 또 다른 속설로…… 인연 연緣에 볼 시視라는 말도 있고요. '시'가 그 시가 아니라 see라는 이야기도 있고요…… 근데 제 생각에는…… 다들 부끄러움이 많아서 얼굴이 곧잘 붉어져서 그런 것 같습니다…… (회장의 붉어지는 얼굴)

키득키득하는 기존 부원들. 누군가가 잘생겼다!를 연호한다. 회장, 붉어진 얼굴 그대로 몇 가지 안내 사항을 이야기한 뒤,

> **양진호**　　　그러면 인제 신입 여러분의 자기소개

를…… 들어 보려고 하는데요. 앞자리부터 한 분씩…… 순서대로 나오셔서 편하게……

화장기 없는 말간 얼굴에 뿔테안경을 쓴 긴 머리 여학생이 앞으로 걸어 나온다. 아기 같은 보동보동한 피부에 왠지 뽀로통한 듯 비죽 나온 통통한 입술. 순두부에 안경을 씌우고 방울토마토를 하나 달아 놓은 것 같은 모양새다.

서상영　(경상도 사투리로) 안/녕하세\요. 저는 13\학번이고요, 1학\년이에요…… 제가 지나가/다 마주/쳐도\ 인/사를 안 할 수\도 있어요. 싫\어서 그카는 건 아니/에요. 그냥 진짜 낯을 가\려서 그래요. 그\러니까 인\사 하지 마/세요 그냥……

S.E. 와하하 하고 웃는 사람들의 목소리. 박수갈채 소리. 상영 들어가고, 이어서 단정한 차림새를 하고 맑은 눈빛에 어딘가 광기가 도는 남학생 앞으로.

손동재　음. 네. 제 취미는 인터넷인데요. 짤방에 댓글 다는 것도 좋아하고. 저는 말하는 것보다 채팅이 편하긴 한 것 같아요. (⌒◡⌒) 넝담ㅎ입니다. 하하하.

회장을 위시한 연시 일원들의 캐릭터를 확인하고 나는 신선하고 즐거운 혼란에 휩싸였다. 그들이 내가 대

58　　　　　　　　　　　　　　　　　（음주가무）

학에 와서 본 어떤 집단과도 달랐기 때문이었다. 여태 껏 나의 대학생활은 잘 꾸며진 하이틴 무비 같았다. 모 두가 선남선녀에 유쾌하고 서글서글하며 술자리에서도 분위기를 휘어잡는. 그러나 연시는 다큐멘터리 영화처 럼 솔직하고 가감 없으면서 너드 캐릭터처럼 괴짜스러 운 매력을 풍기는 사람들이 모인 것 같아 보였다. 서너 번의 술자리와 대화를 거치면서 연시 사람들의 특징을 나는 이렇게 이해하게 되었다. 누가 어떤 스펙을 쌓으 면서 살고 있는지보다 왓챠에 영화 몇 편이 쌓였는지를 높이 사는 사람들. 새로 산 옷보다는 새로 산 영화 각 본집을 자랑하는 사람들. 주량을 장점으로 여기지 않 는 사람들. 화장을 했건 안 했건, 목소리가 크건 작건 신경도 안 쓰는 사람들. 학번이 높다고 대접받으려고 하지 않고 나이가 어린 것 따위로 유세 떨려고 하지 않 는 사람들.

나는 순식간에 연시의 그 불그스름한 수줍음과 솔직 함에 빠져 버렸다. 우리는 연인보다 가깝게 지냈으며 가족보다 오랜 시간을 함께했다. 월요일에는 비가 오 니까 막걸리집에 파전을 먹으러 가자. 화요일에는 시험 기간이니까 간식과 캔맥주를 들고 동아리방에 모이자. 수요일에는 영화가 개봉했으니 함께 보고 생맥주를 마 시자. 목요일에는 정기 모임이 있으니 회의를 한 뒤 뒤 풀이를 하자. 금요일에는 다 함께 엠티를 가자. 토요일 에는 축구 경기가 열리니까 연희동 〈료하코〉에 모여서 생맥주 마시며 경기를 보자…… 우리는 매일 우르르 몰려다니며 술과 서로를 아낌없이 사랑했다.

그리고 마침내, 내가 연시에 들어온 이래로 가장 손꼽아 기다려 온 행사가 가까워지고 있었다. 영화제. 연시는 영화 동아리답게 봄가을에 열리는 국내의 두 영화제에 방문했는데, 5월에는 전주국제영화제로 향했으며 10월에는 부산국제영화제에 가는 것이었다. 금토일 2박 3일로 너른 숙소를 하나 잡아 두고 열다섯 명 내외가 따로 또 같이 다니며 낮에는 예술영화를 보고 저녁엔 맛집에 들르고 새벽엔 술을 마시는 그런 행사다. 영화제로 떠나는 나의 포부는 장대했다. 1일 차. 12:30 도착 KTX가 부산역에 닿으면 역 근처에서 밀면을 먹고서 바로 14:30 영화를 한 편 갈긴다. 영화가 끝나면 이어지는 GV 행사에 남아 감독이나 배우들을 직접 본다. 17시부터 18시까지 저녁으로 해운대 낙곱새를 먹는다. 저녁 식사 후 18:30 영화의전당에서 열리는 야외 상영 영화를 보러 간다. 21:00 숙소로 귀환한다. 삼삼오오 모인 동아리 부원들과 맥주 파티를 벌인다. 2일 차. 예매해 둔 10:00 영화를 본다.

그러나 영화제에서 나의 실제 일과는 이러했다. 1일 차. 12:30 도착 KTX로 부산역에 내려 역 근처에서 밀면을 먹는다. 감칠맛 나는 면발과 새콤한 육수 탓에 어쩔 수 없이 술을 한 병 시킨다. 술을 마시다 보니 또 그냥 지나칠 수 없어 왕만두도 하나 추가한다. 어느새 세

음주가무

명이서 세 병 정도를 마신다. 우리는 나른하고 어지러워져 도저히 영화를 볼 정신 상태가 아니라고 서로에게 조언한다. 어쩔 수 없이 14:30 영화를 포기하기로 한다.

해운대 바닷가에서 바람을 좀 쐬고 열기를 식힌 뒤 다시 계획대로 낙곱새를 먹으러 간다. 넓은 솥에 낙지와 대창, 양파와 파, 양념과 당면이 담겨 나온다. 보글보글 끓으면서 점차 기가 막힌 냄새가 솔솔 풍긴다. 고소하기도 하고 매콤하기도 한 그 냄새를 맡고서도 술을 시키지 않는 것은 위법 행위인지라 경찰에 잡혀갈 위험이 있기 때문에 우리는 어쩔 수 없이 소주와 맥주를 시킨다. 맥주 한 모금 꿀꺽, 이어서 숟갈 위에 밥과 낙지와 야채를 얹어 또 꿀꺽, 다시 소주 한 모금 꿀꺽. 그렇게 번갈아 수십 번의 꿀꺽이 목을 타고 넘어간다.

우리는 배가 불러 꿀꿀대고 취기가 올라 꺽꺽대며 계획 중 하나를 생략하기로 한다. [18:30 영화의전당 야외 상영] 내일도 야외 상영은 있으니까 이틀 내내 볼 필요는 없잖아, 하고 누군가 유혹한다. 이렇게 술 냄새 풍기면서 영화를 보러 가는 건 영화인으로서 다른 영화인에 대한 매너 결격인 거야!라고도 누군가 일갈한다. 후자 쪽이 좀 더 품위 있어 보여서 그 말을 한 친구에게 다들 동조한다. 우리는 매너를 지키기 위해 어쩔 수 없이 영화의전당을 뒤로하고 회센터로 향한다. 광어와 우럭, 숭어회를 8만 원어치 포장해서 숙소에 모여 술을 까기 시작한다.

S#53. 해운대 모 에어비앤비
새벽 3시. 한 점도 남지 않은 회. 반면 영화는 아직 한 점도 보지 않은 채로 영화 이야기에 열을 올리는 이십 대 남녀들.

정혜원   홍상수는… 그러니까 홍상수는…… 그러면 안 돼. 그러면 안 되는 걸 그러면 안 되는 거야.

이수현   언니 지금 〈우리 선희〉에 나오는 이선균 같습니다.

손동재   그러고 보니까 나 아까 해운대 포차 거리에서 홍상수 봤다.

김장현   보러 가자!

이광원   그 근처 복국집에 해장도 하러 가자!

그리하여 새벽 3시에 우리는 또 해운대 포차 거리와 박옥○ 여사님의 이름을 건 복국집을 전전한다. 그리고 해 뜰 때쯤에서야 기어서 숙소로 돌아가 긴 잠을 잤다. 10:00 영화는 패스했음을 굳이 쓰지 않아도 알 것이다. 여기까지 쓰고 나서 나는 깨달았다. 영화 동아리 연시 이야기로 시작해서 영화 이야기는 단 한 줄도 쓰지 않았음을. 연시에 가입하고 나서 오히려 영화를 더 안 보았다는 사실을. 연시는 나에게 취미가 아닌 생활이었

62

(음주가무)

다는 것을. 그저 먹고 마시고 울고 웃는 것으로 6년을 내리 보냈다는 것을. 그래서 그 시간이 아까우냐 하면 절대로 그렇지 않다. 돌이켜 생각해 보면 그 6년의 시간이 통째로 한 편의 장편영화였다. 다큐이기도 하고 코미디이기도 하고 드라마이면서 가족 영화이기도 음주 영화이기도 한 그런 영화. 제목을 굳이 붙이자면 〈취한 얼굴의 색깔은 연시〉 정도 되겠다.

지속 가능한 술수저

대학생이 무슨 돈이 있어서 그렇게 술을 많이 마셨나. 여기까지 읽은 누군가는 이렇게 생각할지도 모르겠다. 실제로 10년 전 내가 많이 들은 질문이기도 하다.

친구 1: 어제도 또 술을 마셨어? 대단하다.

친구 2: 일주일에 술을 몇 번이나 마셔?

나: 음…… 여섯 번?

친구 3: 한번 마실 때 얼마 쓰는데?

나: 음…… 늘 이삼 차까진 가니까 적어도 3~4만 원은 쓰지?

친구 2: 그럼 아무리 적게 잡아도 일주일에 20만 원씩 은 쓰는 거네? 한 달이면 100 가까이 되는 거 고?(……너 T야?)

나: 대박. 꽤 하잖아, 나?

친구들: (술렁술렁)

몇몇 동기들 사이에서 박지우가 꽤 사는 집안이라더라, 내지는 울산 유지의 무남독녀 외동딸이라더라, 하는 식의 카더라 소문이 돌았다는 것을 나는 나중에야 알 게 되었다. 그런 귀티가 난다는 게 은근히 반가웠으므 로 굳이 바로잡지는 않았다. 하지만 멋쩍기는 했다. 그 중 사실인 것은 외동딸밖에 없었으므로. 나는 그저 울 산에서 상경해 자취하는, 잘 취하는 대학생일 뿐이었 는데.

당시 나는 대학교 서문 쪽 자취촌에 살고 있었다. 아이비하우스Ⅲ이라는 원룸 건물의 실평수 6평이 조금 넘는 1층 방에. 원룸 운영을 기업적으로 하시는 주인 할머니께서는 아이비하우스를 총 4채 가지고 계셨고, 내 방은 보증금 500에 월세 50 관리비 5만 원짜리 방이었다. 건물 1채당 5층 정도였고 층마다 4개의 방이 있었으므로 건물주의 월수입을 대략 셈해 보면 50만 원×4개 방×5개 층=1천만 원이라는 값이 도출된다. 그런 건물이 총 4채. 그러니까 아이비 할머니는 한 달에 현금으로 4천만 원을 벌었던 셈이다. 할머니는 내가 인사성도 바르고 싹싹하다며 좋아하셨는데 어느 날 대학생 정도 되어 보이는 손녀딸이 놀러 온 걸 보았을 때 나는 못나게도 진심으로 질투를 했다. 그러니까 내가 들었던 소문은 저런 애들이 주인공인 거였다.

술꾼에게는 필연적으로 평생 감당해야 하는 고정 지출이 있다. 이는 비단 술꾼만이 아니라 애연가, 캠핑러, 게이머 등등 어떤 한 가지를 깊이 사랑해서 끌어안고 살기로 마음먹은 사람들이 평생을 짊어져야 하는 몫이다. 이십 대 초반의 나에게는 그것이 매달의 술값 100만 원이었던 것이다. 대학생에게 매달 100만 원이 얼마나 큰돈인지, 그 돈을 아끼면 얼마나 생산적으로 살 수 있는지 귀에 피가 나도록 들었다. 그러나 어쩔 수 없는 것이다. 담배만 끊으면 매달 15만 원을 아낄 수 있다,

　（음주가무）

PC방民 안 가도 시간과 돈이 얼마큼 절약되는지 아느냐 같은 말이 애연가와 게이머에게 대관절 무슨 소용이 있단 말인가. 술값이란, 담뱃값이란, 게임비란, 내가 선택하기로 한 비용이요 교환하기로 한 효용이다.

이십 대 초반에 술 때문에 고금리 사채를 쓰거나 신용 불량자가 되고 싶지는 않았다. 그렇다고 본가에 돈을 꿀 수도 없는 노릇이었다. 나는 술을 마시기 위해 역설적으로 술 마시는 시간 이외의 시간을 열심히 쓰기로 했다. 처음에는 학교 앞 고깃집에서 주말 아르바이트를 했다. 1시 오픈부터 1시 마감까지 열두 시간을 토요일 일요일 이틀 꽉 채워서 한 달 일하고 나면 90만 원이 들어왔다. 내가 하는 일은 고기 서빙하기, 불판 갈아 주기, 빈 그릇 주방으로 나르기, 재떨이 비우기 등이었는데 그 일을 열두 시간 하고 나면 아무것도 못 하고 꼬박 잠만 자야 했다. 그러고 일어나면 또다시 일하러 갈 시간이고, 끝나고 집에 와서 또 잠만 자고 일어나면 월요일이 되었는데, 어깨부터 손끝까지 너무 아파서 볼펜을 들 힘도 없었다. 술잔을 쥐면 손이 벌벌 떨리는 통에 도무지 술을 마실 수가 없는 것이었다. 이렇게는 살 수 없겠단 생각이 들어 그다음 달에 바로 후임을 구하고서 고깃집 알바를 관두었다.

노동 시간 대비 가장 고수익을 낼 수 있는 합법적 일이 무엇일까. 그것은 과외였다. 일주일에 두 번 방문해서 2시간 정도 수업을 하면 한 달에 40만 원가량 받는 그

일이 나에게는 꽤나 손쉽고 짭짤한 것으로 느껴졌다.
그러나 고기도 먹어 본 놈이 잘 먹는다고, 훌륭한 과
외 선생님이 된다는 건 쉬운 일이 아니었다. 첫 과외는
초등학교 6학년생의 국어 수업이었다. 초등 국어? 그
까짓 거, 했지만 막상 시범 과외 날이 다가오자 가슴이
답답하고 초조해졌다. 잠시나마 초등 국어를 얕보았던
스스로의 오만에 대해 고개 숙여 반성했다. 세상 모든
일이 그렇듯 초반에는 무엇부터 해야 할지, 어떤 것을
준비해 가야 할지 갈피를 못 잡고 헤맸다. 그렇게 몇 주
간 진땀을 흘리다가 가까스로 감을 잡았다는 느낌이
들 때쯤 과외 학생의 어머니로부터 의외의 피드백을 맞
닥뜨리게 되었다.

―선생님. 수업 내용도 좋다고 하고 애가 이해도 잘하
  는 것 같고 좋은데요, 딱 한 가지가…… 저, 어떻게
  말씀을 드려야 할지……
―(심장이 멎는 기분을 느끼면서도 애써 태연한 체하며) 네 어머
  니, 말씀하세요. 괜찮습니다.
―저희 애가…… 선생님한테서 술 냄새가 많이 난다고……

장담하건대 평생 그렇게 부끄러웠던 적은 손에 꼽는다.
중학생 때 학교 선생님한테 고백했다가 교무실에 다 들
리게 거절당한 이후로 처음 느껴 보는 기분이었다. 과
외 일로 돈을 계속 벌려면 행동을 똑바로 고쳐먹어야

〈음주가무〉

겠구나 다짐한 순간이었다. 어머니에게 정말 죄송합니다, 말씀해 주셔서 감사합니다, 시정하고 ○○가 그런 불편함 느끼는 일 없도록 하겠습니다, 말하고는 그 후로 과외를 가는 수, 금요일 전날인 화, 목요일에는 술자리를 만들지 않았다. 잘릴 줄 알았던 과외는 다행히도 3년간 이어져서 그 친구의 중학교 졸업식까지 볼 수 있게 되었다. 일자리와 술자리가 서로 영향을 주지 않도록 균형을 잡는 방법을 나는 이렇게 웃기는, 아니 웃기지도 않는 방식으로 배웠다.

그렇게 과외 2개와 교내 장학금 근로 1개를 생활 패턴으로 안착시켰고, 번 돈은 고스란히 술값으로 나갔다. 대학교 1학년부터 3학년 말까지 쉼 없이 달리는 동안 가끔은 술값을 아껴 여행을 가기도 하고 영어학원에 다니기도 하며 나름대로 갓생을 살았다. 세간에서 말하는 갓생의 의미와 동떨어지게 술을 너무 많이 마시기는 했지만서도.

고정 수입이 있는 생활을 딱 한 달간 쉰 적이 있었다. 회사에 합격하고 학교에 취업계를 내고 첫 출근 날까지 한 달가량 자유 시간이 생긴 것이었다. 모아 놓은 돈(이랄 것이 애초에 별로 없었다)을 2주 만에 탕진해 버리고 또 2주가 남았는데 당장의 밥값조차 없었다. 단기 알바를 뛸까 심리학 실험에 참가하고 실험비를 받을까 이런저런 고민을 하다가 떠올린 묘안이 중고서점에 책을 갖다 파는 것이었다. 책을 사 보기만 했지 팔아 본 적은 없었는데 새삼 누군가는 책을 팔아서 돈을 벌었겠지 하는 생각이 든 것이었다. 그길로 집에 있는 책 중에서 먼지가 많이 쌓인 책, 손이 안 가는 책 10권을 골라 백팩에 담았다. 그 10권을 고르는 것도 참 어려워서 시간이 한참 걸렸다. 책이란 것이 다 추억과 애정이 서려 있는 게 아니던가. 책을 싸 들고 중고서점에 갔더니 직원이 바코드를 찍어 보고 책 상태를 감정하고선 '7권 매입 가능, 3권 매입 불가(보유 재고 다수)'라는 판정을 내려 주었다. 7권을 팔고 받은 돈은 9천 원이었다.

이 돈으로 술집에 갈 수는 없어서 편의점으로 향했다. 용량 대비 가장 싼 술이 막걸리였다. 막걸리 두 병과 맥주 두 캔, 햇반을 사서 자취방으로 돌아왔다. 집에서 보내 준 반찬을 꺼내고 햇반을 돌려 먹으며 반주로 막걸리를 마셨다. 이 신세가 무엇인가. 이게 맞는 것인가. 처량한 생각이 들었으나 술을 마셔서 기분은 좋았다.

그다음 날 책 20권을 팔았다. 몇만 원이 생겨서 그 돈으로 며칠 술을 마시고 돈이 또 떨어지자 30권을 팔았다. 나중에는 팔 책이 없어서 고등학생 시절의 방황기를 지탱해 주었던 '인생 책'을 팔고 급기야 입사하게 된 회사의 본부 대표님이 직접 사인해 주신 책도 팔았다. 그분이 이 책을 읽으시면 안 되는데…… 그 책이 언젠가 기적처럼 나에게 돌아온다면 결단코 다시는 팔지 않을 것이다……

(음주가무)

3년간의 알바 생활, 한 달간의 중고서점 연명기를 거쳐 오며 술값을 벌 수 있는 삶의 귀중함을 알게 되었다. 누군가 술값을 척 내줄 때 그 선심이 얼마나 값진 것인지를 안다. 그리고 돈을 벌기 위한 매일의 노동에 그저 감사한 마음으로 임한다. 오늘 하루를 열심히 산 덕분에 퇴근 후 일용할 술이 기다리고 있으므로. 그것은 내가 번 돈으로 당당히 마실 수 있는 한잔의 보상이므로. 일자리에서 술자리로, 술자리에서 일자리로, 일자리에서 다시 술자리로 지속해서 이어지는 삶. 타고난 금수저는 아니더라도 지속 가능한 술수저 정도는 내 손으로 거머쥘 수 있는 것이다.

365가지의 마실 이유

술꾼의 낯짝과 주둥이가 제일 뻔뻔해지는 순간이 있다. 마실 이유를 이야기할 때다. 술꾼에게는 모든 날씨와 음식과 사건이 술 한잔할 까닭이 된다. 아, 새로 나온 이 과자 정말 짭짤하고 맛있는데요. 이거 딱 맥주 안주인데…… 와, 오늘 비가 갑자기 많이 오네요. 이런 날 파전에 막걸리 한잔 하면 딱인데…… 오후 미팅이 갑자기 취소됐다고요? 낮술 하기 딱 좋은 기회 같은데…… 그러면 옆 사람이 기가 막혀 말하는 것이다. 순 거짓말! 입에 침이나 바르고 말해! 그런 이유 없이도 어차피 마실 거면서! 하지만 기왕이면 마실 이유가 붙어야 더 마실 맛이 나는 것이다. 거참, 정말인데.

신입사원 시절 처음으로 팀에서 온에어 시킨 광고는 (술꾼에게 참으로 적절하게도) 숙취해소 음료 TV 광고였다. 그때 경쟁PT에서 승리한 세일즈 전략은 '헛개차를 마실 이유를 매일 만들어 주어 음용 횟수를 늘리자'였다. 술을 마실 이유는 예고 없이 매일매일 찾아오니까. 그것을 설득하기 위해 주적酒敵 캐릭터를 한 명 만들었다. 가상의 회사에 다니는, 술을 사랑하는 부장님. 그 부장님은 월화수목금토 매일 마실 이유를 집요하게 찾아내고야 만다. 그렇게 우리 팀은 요일마다 다른 광고 여섯 편을 만들어 냈다. 실제로 당시 요일별로 온에어 됐던 TV 광고의 카피는 이랬다.

[월요일]

윤 부장: (회의실에 들어오며) 자, 자! 새로운 주의 시작인
데, 우리도 한번 시작해 봐야지. 어떻게, 오늘?

[화요일]

윤 부장: (창밖을 보며) 비도 오는데… 어떻게……

이 대리: 부장님, 비가 좀 전에 그쳤지 말입니다.

윤 부장: 그럼 더 잘됐네. 어떻게, 오늘?

[수요일]

이 대리: 오늘은 먹자고 안 하네. 웬열?

윤 부장: (카톡으로) [어][떻][게][오늘?]

[목요일]

윤 부장: (신문을 읽으며) 남녀 성인 직장인 대상 조사 결
과, 일주일 중 회식을 가장 많이 하는 요일이…
뭐야, 오늘이잖아? 어떻게, 오늘?

[금요일]

이 대리: 부장님 주말 잘 보내세요!

윤 부장: 우리 이틀이나 못 보잖아. 이거 아쉬워서… 어
떻게, 오늘?

[휴일]

윤 부장: (소파에서 막 일어난 이 대리를 바라보며) 이 대리, 우
리 집은 처음이지? 휴일인데… 어떻게, 오늘?

[공통]
짠~한 당신을 위해
더 찐~한 헛개차
평소에 키워 두자 회식 경쟁력
매일매일 헛개차

"어떻게, 오늘?"이라는 카피의 비하인드는 이러했다.
당시 눈코 뜰 새 없이 바쁜 와중에도 선배들은 꼭 짬
을 내서 당구장에 가곤 했는데 당구장에 가자는 제안
을 노골적이지 않게 넌지시 건네기 위해 서로 쓰는 말
이 어떻게, 오늘?이었다. 어떻게 오늘은 (업무가, 여유가,
눈치가, 컨디션이) 괜찮겠어? 다양한 변수를 함축하며 강
렬한 의지를 담백하게 전하는 데 저만한 말이 없었던
것이다.
선배들이 당구의 가능성을 점치는 것만큼이나 술 마실
기회를 노리던 나에게 그 다섯 글자는 한 번만 들어도
절대 잊지 않는 카피였다. 앞에 어떤 말을 갖다 붙여
도 논리적으로 한 치의 어긋남이 없는 설득력이 보장
되기 때문이다. 만약 지금의 나에게 8년 전의 저 키 카
피를 다시 맡기며 앞에 들어갈 카피를 작성하라는 의

뢰가 들어온다면 나는 신이 나서 365개의 서브 카피를 써 내려갈 것이다. 술에 대한 책을 쓰며 내친김에 스스로 의뢰를 맡기고 스스로 작성해 보겠다(술꾼은 뭐든 참 술꾼답게 제 맘대로 잘한다).

1. 어제 잠을 잘 잤더니 유난히 컨디션이 좋은데. 어떻게, 오늘?

2. 어제 잠을 설쳤더니 눈이 뻑뻑하네. 번쩍 뜨이게 해 줘야겠어. 어떻게, 오늘?

3. 오늘따라 유난히 집에 가기 싫네. 어떻게, 오늘?

4. 오늘 우리 집이 비는데. 어떻게, 오늘?

5. 회사 앞에 공사 중이던 일본식 선술집이 오늘 오픈이라네? 어떻게, 오늘?

6. 화장실을 못 가서 배가 영 답답하네. 뚫어 줘야 할 것 같은데⋯ 어떻게, 오늘?

7. 오늘 드디어 묵은 변을 해결해서 시원~한데, 어떻게, 시원~~하게 오늘?

8. 벌써 봄이 다 됐네. 야장 하기 좋은 날씨인데, 어떻게, 오늘?

9. 봄도 다 갔네. 땀 좀 식혀야겠는데, 어떻게, 오늘?

10. 여름엔 역시 바다지. 바다는 역시 회고. 회엔 역시 소주지. 어떻게, 오늘?

11. 천고마비의 계절이군. 말만 살찌울 수는 없잖아. 어떻게, 오늘?

12. 날이 쌀쌀하니 이럴 때일수록 몸을 데워 줘야 한 다고. 어떻게, 오늘?

13. 첫눈 온 거 봤어? 너무 설레는데, 어떻게, 오늘?

14. 뭐라고? 눈이 많이 와서 오후 단축근무라고? 어떻 게, 오늘?

15. 오늘이 초복이라는데, 삼계탕에, 어떻게, 오늘?

16. 벌써 중복이네. 이번엔 치킨으로 갈까? 어떻게, 오늘?

17. 말복이라고? 이번을 놓치면 다음 복은 없겠네. 어 떻게, 오늘?

18. 오늘 한 끼도 못 먹어서 너무 배가 고픈걸. 어떻게, 오늘?

19. 친구 결혼식이라 오랜만에 다 모였네. 어떻게, 오늘?

20. 너도 그 장례식 가지? 이따가, 어떻게, 오늘?

21. 오늘 회의에서 내 아이디어 멋지게 팔고 왔잖아. 어떻게, 오늘?

22. 그 좋은 아이디어를 광고주님께서 안 샀어. 참 내, 아쉬워서. 어떻게, 오늘?

23. 우리 팀이 경쟁PT 땄대요! 이런 날이야말로 어떻 게, 오늘?

24. 경쟁PT 안 됐다네요. 에이, 잊어버리자고요. 어떻 게, 오늘?

25. 새로운 경쟁PT가 들어왔다고요? 아자자, 힘내 봐 야지! 어떻게, 오늘?

26. 식물에 물을 주고 나니까 나도 목이 마르네. 어떻

게, 오늘?

27. 너 깁스 풀었네? 그동안 고생 많았어. 어떻게, 오늘?

28. 모레가 건강검진이지? 그럼 내일은 못 먹겠네. 어떻게, 오늘?

29. 일주일 동안 자가격리 하느라 답답했지? 어떻게, 오늘?

30. 요즘 운동하느라 식단 조절한다고? 그래도 하루는 쉬어야지. 어떻게, 오늘?

31. 출장지가 공주라고요? 밤막걸리 유명하잖아요. 어떻게, 오늘?

32. 광고주 본사가 익산에 있다고요? 익산역 근처에 유명한 순댓국밥집 있는데. 어떻게, 오늘?

33. 오늘 미팅이 을지로에서 끝나면 딱 거기겠네요. 닭곰탕집 5분 거리. 어떻게, 오늘?

34. 광고주 사옥이 여기로 이전했다는데 제가 아는 횟집 바로 옆이더라고요. 어떻게, 오늘?

35. 녹음실 근처에 '성시경의 먹을텐데'에 나온 뼈해장국집 있는데. 어떻게, 오늘?

36. 먹을텐데에 나온 꼬리수육이 아주 기가 막히던데. 어떻게, 오늘?

37. 오옷, 대리님도 어복쟁반 좋아하세요? 어떻게, 오늘?

38. 아니, 퇴사를 하신다고요? 무슨 일이에요. 한잔하면서 얘기해 주세요. 어떻게, 오늘?

39. 입사 환영해요. 아직은 어색하시죠? 저랑 친해져

요. 어떻게, 오늘?

40. 우리 팀에 이동 소식이 있다면서요? 마음이 뒤숭숭한데… 어떻게, 오늘?

41. 새로운 팀에 또 잘 적응해야죠. 잘 부탁드립니다. 어떻게, 오늘?

42. 사촌 동생이 대학에 합격했대! 원격으로라도 축하주 마셔야겠다. 어떻게, 오늘?

43. 후배가 우리 회사에 들어온대! 미리 축하해 줘야겠다. 어떻게, 오늘?

44. 우리 후배님 입사한 지 꽤 됐는데 술 한번 못 사줬네. 어떻게, 오늘?

45. 승격 발령 메일 봤어요. 승진 축하드립니다! 한턱 쏘세요. 어떻게, 오늘?

46. 축하 감사합니다. 제가 벌써 차장이라니. 한턱 쏠게요. 어떻게, 오늘?

47. 육아휴직이 벌써 끝났어요? 정말 오랜만에 뵙네요. 반가운데… 어떻게, 오늘?

48. 나 지금 도쿄야. 뭐? 너도 도쿄라고? 어떻게 딱 겹치게 왔네. 어떻게, 오늘?

49. 아니 저희 음악 취향이 진짜 비슷하네요. 제가 좋아하는 LP바가 있는데, 어떻게, 오늘?

50. 신촌에 산 적이 있으시다고요? 제가 지금 신촌 사는데. 그 가게 아시겠네요? 어떻게, 오늘?

50번까지 작성하고 스스로 또 깨달았다. 더 이상 쓰는 것이 무의미하다는 것을. 365번이고 500번이고 나는 집요하고 자잘하게 채워 나갈 것이라는 것을. 그러니까 그만 써야겠다(술꾼은 제멋대로 그만두기도 잘 그만둔다). 절대 손이 아파서가 아니다. 여기까지 쓰고 나서 퍼뜩 든 노파심에 덧붙이고 싶은 말이 있다. 광고 속 윤 부장과 나는 다르다. 이 점을 확실히 해 두고 싶다. 감히 말하자면 그는 진정한 술꾼이 아니다.

진짜 술꾼은 마실 이유를 찾되 강요하지는 않는다. 나는 누군가 나의 술 제안을 거절한다고 해서 절대 좌절하지 않을 것이다. 술을 함께 마실 사람이 없다고 해서 술을 안 마시지도 않을 것이다. 술을 마실 이유와 술, 그리고 술을 마실 나. 이 셋만으로 술자리는 성립되는 거니까. 술을 함께 마실 사람이 있건 없건 상관없이. 진정한 술꾼답게 오늘도 나는 혼자서도 마실 이유를 찾아낸다. 성실히. 꿋꿋이. 자, 이 원고를 지금 막 마감했다. 어떻게, 오늘?

도쿄 가라오케 바의 혼노자

스물다섯 살 봄에 나는 혼자 도쿄로 떠났다. 입사 이래 처음으로 떠난 긴 휴가였다. 도쿄는 오랜 시간 동안 내게 덕질의 대상이었으며 이름대로 동경 그 자체였다. 나는 〈와카코와 술〉의 와카코처럼 홀로 밤의 이자카야를 전전해 보고 싶었고 〈나나〉의 나나처럼 우수에 젖은 눈으로 담배를 피워 보고 싶었으며 〈고독한 미식가〉의 고로상처럼 마음속으로 '우마이!'를 외쳐 보고 싶은 오타쿠였던 것이다.

비행기에서 내리자마자 마주치게 되는 일본어 표지판들에 나는 벌써 마음이 두근거렸다. 한국어로 적혀 있다면 별 감흥 없었을 그것들이 일본어로 적혀 있으니 괜히 눈가까지 설레는 기분이었다. 여행 책자에서 보던 스이카 교통카드를 발급받았을 땐 감격했고 내가 여행자로 보일까 현지인으로 보일까 궁금했다. 지하철에 탄 저 샐러리맨은 어떤 회사를 다닐까. 베레모를 쓴 중년의 신사가 읽고 있는 책은 무슨 내용일까. 눈이 닿는 모든 일본인에게 흥미가 일었다. 비행기에서 내린 지 불과 30분도 안 되어 느낀 감정들이었다.

혼자 떠난 이유는 며칠간 일본인이 되어 보고 싶다는 마음 때문이었다. 한국말로 떠들 수 있는 동행이 있으면 일본을 온전하게 느낄 수 없을 것만 같았다. 일본인처럼 겸허하게 줄을 서서 30분을 기다리고 일본인처럼 조용히 규카츠를 먹었다. 지하철을 타고 하라주쿠역에 내려서 한국에서는 걸치지 않을 옷과 반지를 잔뜩 샀다. 일본에서만 파는 담배를 사서 피웠다. 이방인인 동시에 현지인이 되고 싶었다. 모두가 나를 궁금해했으면 좋겠다는 마음과 나를 익숙하게 받아들이면 좋겠다는 바람이 동시에 있었다. 최대한 사람이 많은 거리로 갔다. 끌리는 가게에는 일단 들어가 봤다. 팔이 떨어지도록 쇼핑백이 늘어날 무렵 해가 졌다.

신주쿠의 밤거리는 강남보다 3배는 밝고 거대했다. 걸어도 걸어도 끝이 보이지 않았다. 그 유흥의 세계 속에는 수천 개가 넘는 가게가 있고, 어떤 가게는 8층 건물을 온통 독차지할 만큼 컸으며 어떤 가게는 손바닥만큼이나 작았다. 그리고 손바닥 중에서도 아기 손바닥처럼 유난히 작은 가라오케 바가 있었다. 가부키초 속 좁고 빽빽한 고르덴 가이(golden gai) 골목 외벽에 〈水の木〉이라는 청백의 간판이 걸려 있었다. 술기운처럼 은근하게 울려 퍼지는 노랫소리에 호기심을 느껴 들어간 가게였다. 바에 마련된 작은 나무그릇 위에 100엔을 얹으면 앉은 자리에서 노래방 기계로 노래를 부를 수 있는 시스템에 손님이 여섯 명 앉으면 꽉 차는 짧은 ㄱ자형 구조의 공간이었다.

나는 나마비루 한 잔을 주문하고 순식간에 끝까지 비운 다음 수줍지만 용기를 내서 100엔을 올려 두었다. 마음씨 좋아 보이는 사장님이 곧바로 리모컨을 건네주

（음주가무）

었다. 리모컨이 우리나라랑 똑같은 모양인 게 신기했다. 금영이나 TJ미디어가 수출한 걸까? 잠깐 궁금했다. 더듬더듬 보아의 〈メリクリ Merry-Chri〉를 찾아서 눌렀다. 수없이 흥얼거렸던 노래여서 가사를 외우고 있었다. 후따리노 쿄리가 스고쿠 치지맛따 키모치가시타 (우리들의 거리가 굉장히 줄어든 기분이 들었어). 오타쿠는 누가 묻지 않아도 잔뜩 신이 나서 좋아하는 것을 이야기하는 법이기에 설명을 덧붙이자면, 이 노래는 우리나라의 〈벚꽃엔딩〉처럼 일본의 국민 겨울노래 반열에 든 곡으로서 보아의 연금송이라고 불릴 정도다.

오오. 칸코쿠진이 니혼고 노래를? 손님들은 신기해하며 소리를 질렀다. 스고이! 양복에 넥타이를 하고 뿔테 안경을 쓴, 일드 속 전형적인 직장인 스타일의 남성이 감탄사를 전했다. 스바라시! 모오 잇쿄쿠 오네가이!(근사한데! 한 곡 더!) 단골로 보이는 기모노 차림의 할머니도 말했다. 밤이 점점 깊어지며 의자에 못 앉은 손님이 생길 만큼 가게는 붐볐고, 나는 어쩐지 국위선양이라도 하는 기분으로 으쓱해져서 나중엔 급기야 소녀시대 노래의 떼창을 유도하기까지 했다……

한국의 술집에서는 이렇게 주인공이 된 듯한 관심을 받아 볼 리 만무했기에 나에게 집중되는 시선을 잔뜩 즐겼다. 혼자 왔니, 어디서 왔니, 일본은 처음이니, 또 무슨 곡을 부를 수 있니, 질문이 쏟아졌고 공짜 술도 여기저기서 건네져 왔다. 그러나 딱 한 사람, 내 옆자리에 앉은 사람만은 내 쪽에 눈길도 주지 않은 채로 고독한 모습이었다. 혼자서 하이볼을 몇 잔째 마실 동안 이따금 핸드폰을 볼 뿐 말이 없었다. 그렇게 밤이 너무 늦었나 싶어 숙소로 돌아가는 길을 찾아보려 할 때쯤 갑자기 그 사람이 핸드폰을 내밀었다. 화면 속 구글 번역기에는 서투른 번역 투의 한국어가 이렇게 적혀 있었다. [Nakashima Mika의 '눈의 꽃'을 부탁해도, 될까?] 스물다섯의 나는 빙긋 웃으며 답했다. 모치론데스(물론이죠).

그 노래를 마지막으로 도쿄의 지하철이 끊겼다. 자신을 유우지라고 소개한 그는 당신의 숙소가 그렇게 먼 줄 몰랐다, 미안하다, 첫차까지 기다려 주겠다,라고 번역기를 통해서 말했다. 지금 생각하면 그냥 택시비를 내 달라고 하거나 내 줄 법도 한데 나는 현지인과의 조우가 설레는 이방인이었고 그는 이방인과의 만남이 신기한 현지인이었기에 우리는 그런 말을 꺼내지 않았다. 그렇게 유우지와 나는 도쿄의 밤거리를 쏘다녔다. 문 닫은 공원 앞에서 편의점 맥주를 사서 마시기도 하고, 그가 내게 거리의 이름을 설명해 주기도 하면서. 이방인이라서 몰랐던 것들을 현지인인 유우지가 알려 주었다. 그 모든 대화가 구글 번역기를 통해 이루어졌다. 2017년이라서 감사하다고 생각했다. 그때만 해도 번역기의 능력이 아직 신기한 시대였던 것이다.

(음주가무)

도쿄에 머무는 4박 5일 중 사흘의 저녁 식사를 유우지와 함께했다. 그는 일본인답게 친절하고 정중해서 나를 여러모로 배려해 주었다. 영화 〈킬 빌〉에 나왔다는 이자카야에 가 보고 싶었는데 전화로 예약을 해야 하는 유명한 곳이어서 엄두를 못 내고 있었던 차에 그가 예약은 물론 일등석에 앉을 수 있게 처리해 주기도 했다. 일본인 친구가 생겨 든든하고 편안했다.

우리는 우정보단 다정하고 썸이라기엔 애매한 시간을 보냈다. 엄밀히 말하자면 그는 딱히 내 스타일은 아니었고, 샤이한 그는 내게 적극적으로 다가오지 않았다. 그렇게 마지막 날 밤이 되었다. 유우지와 나는 벚꽃이 아름다운 아사쿠사의 한 이자카야에 앉아 있었다. 나는 다음 날 오전 11시 비행기로 떠나기로 되어 있었다. 우리는 내일의 일을 부러 피하면서 모르는 척 다른 이야기를 했다. 이 가게의 꼬치구이가 어쩌고. 센소지 절은 겨울이 아름답네 저쩌고. 하지만 피하지 말고 앞으로에 대해서 이야기를 해야 했다. 확실히 해 두고 떠나야 마음이 편할 것 같았다. 이 사람은 나에게 무얼 기대하는 걸까? 한국에 가면 계속 연락을 해야 하나? 결국 내가 먼저 용기를 내 구글 번역기에 썼다.

　[너라면, 이제 어떻게 하겠어?]
　→ [君のラーメン、これからどうする?]

번역문을 본 유우지는 적잖이 당황한 눈치였다. 조금 머뭇거리던 그가 번역기에 이렇게 썼다.

[味噌?]
→ [된장?]

된장? 이런 된장? 아, 나는 뒤늦게 이해했다. 머신러닝이 아직 충분치 못했던 번역기는 내 말을 [너는 라면을 어떻게 먹는 게 좋아?]로 초월번역해서 전해 주었던 것이다. 어렵게 낸 용기는 라면 국물에 넣은 분말수프처럼 순식간에 녹아 버렸다. 그 후로 한두 시간 뜨문뜨문 대화를 이어 갔고, 그에게 사요나라 하고 작별을 고한 다음 한국에 돌아와서는 다시 유우지와 모르는 사이가 되었다.

그 후로도 여러 해 동안 도쿄로 여행을 갈 때마다 가라오케 바 〈水の木〉에 재차 방문해서 혼노자 신분을 즐겼다. 당연히 유우지는 없었고, 유우지가 마시던 하이볼만 여전히 메뉴판에 남아 있었다. 우롱 하이볼. 탄산도 거의 없고 쓴맛만 진한 탓에 마치 유우지처럼 내 스타일은 아닌 그 술을 꼭 한 잔은 마시고 돌아왔다. 그가 내게 베풀어 준 친절에 대한 보답으로. 다음과 같은 편지를 마음속으로 되뇌며.

유우지, 겡끼데스까?

한국에 돌아와서 된장라멘을 먹어 봤어요. 내 스타일은 아니더라고요. 당신이 좋아하는 술도 당신이 좋아하는 라멘도 어쩜 꼭 내 취향이 아닐까요. 당신이 내 스타일이었더라면, 구글 번역기가 보다 발달했었더라면 우리는 뭔가 달라졌을까요? 아무튼 저라면, 돈코츠를 선택할 거예요. 여러 가지로 감사했습니다. 당신의 이방인 친구로부터.

ユウジ、元気ですか？
あなたの言葉を覚えて私は韓国に帰って味噌ラーメンを食べてみました。 私のスタイルではなかったんです。 あなたの好きなお酒も、あなたの好きなラーメンも、どうも私の好みではないでしょうか。 あなたが私のスタイルだったら、グーグル翻訳機がより発達していたら、私たちは何か変わったでしょうか？ とにかく私なら、とんこつを選びます。 何卒、いろいろとありがとうございました。 あなたの異邦人の友達より。

음주 연애 시뮬레이션 3부작

나에겐 오랜 판타지가 있다. 내가 설정한 가장 로맨틱한 순간에 연인과 기막히게 낭만적으로 한잔하는 것이다. 그 판타지는 다년간 뭉게뭉게 디테일이 더해져서 하나의 완결성을 가진 스토리가 되었다. 마치 연애 시뮬레이션 게임 같기도 한 그 이야기들을 음주 연애 시뮬레이션, 줄여서 음연시라 부르기로 한다. 너무 디테일한 나머지 읽은 사람들이 실제로 있었던 일이 아닌지 수상히 여기는 다음의 글들은 맹세컨대 아직 일어나지 않은 하루다. 하지만 내 손으로 언젠가 일으킬.

음연시 1: 겨울의 도쿄에서

T, 나는 지금 도쿄에 있어. 도쿄의 호텔방에서 아침 햇살을 맞으며 일어났어. 간밤에 마신 사케 때문에 아직 머리가 몽롱해. 그래도 아프지는 않아. 커튼을 젖혀 보았다. 긴자는 하얀 눈으로 뒤덮여 있네. 이 거리부터 저 거리 끝까지 빠짐없이. 15층짜리 세이부 백화점 옥상부터 골목의 작은 카페 차양까지 평등하게. 거리의 사람들은 둘로 나뉘어. 눈을 밟으려는 사람과 눈을 피해 걷는 사람. T, 너는 어느 쪽이니? 너와 눈을 본 적이 없구나. 너는 어느 쪽일까. 신발이 젖든 말든 눈 밟는 소리에 즐거워하는 쪽일까, 어른답게 눈은 응고된 H_2O일 뿐이라고 생각하는 쪽일까. 나는 언제나 전자였어.

도쿄 호텔의 빼어난 점이 뭔 줄 아니? 흡연방이 있다는 거야. 깨끗이 닦인 점잖은 흰 재떨이에 붉고 검은 재를 떨어뜨린다. 그건 마치 아직 밟지 않은 눈을 밟는 기분과 같아. 무슨 담배를 피우냐고 물을 거지? 'HOPE'란다. 담배의 이름이 희망이라니, 뻔뻔하기도 하지. 너도 이 담배를 좋아했으면 좋겠구나. 아, 그래서 이름이 희망인가 봐.

시계를 보니 9시 38분. 씻고 나가면 조식을 먹을 수 있겠다. 부드러운 천과 따뜻한 색으로만 채워진 연회장에 그보다 더 부드럽고 따뜻한 것들이 있어. 조식을 먹으러 온 가족들의 얼굴. 세계 곳곳에서 온 여러 색깔의 눈들. 선물을 뜯어보며 기뻐하는 아이의 입술. 아, 오늘이 크리스마스이브구나. 코트와 목도리를 두르고 긴자 거리로 나와 본다. 신기하지, 가게마다 다 다른 캐럴이 흐르는데도 어쩜 조화로운 걸까. 마치 서로 약속하고 캐럴 오케스트라를 협주하기로 한 것만 같아. Wham의 〈Last Christmas〉와 아리아나 그란데의 〈Last Christmas〉가 듀엣처럼 섞이고, 〈Jingle Bell Rock〉과 〈Let It Snow〉가 돌림 노래처럼 이어지고……

이렇게 모두가 크리스마스를 노래하는 거리에서 아무런 소리를 내지 않는 가게가 한 곳 있어. '르 라보'라는 향수 가게야. 여긴 향으로만 말하는 곳이거든. 네게 줄 크리스마스 선물을 샀어. '어나더13'이라는 향수. 비를 맞은 나무 향 같기도, 사람의 살냄새 같기도 한 향수야. 내가 좋아하는 향을 네게 입히고 나는 그 향을 맡는다. 이기적이지 않니.

긴자역으로 들어가 지하철을 타고 시부야로 간다. 가장 들뜨고 신나 있는 도쿄의 얼굴을 보고 싶어. 남쪽 출구로 나오자마자 거대한 트리가 있네. 트리 앞에서 사진을 찍는 금발의 남성 두 명을 본다. 친구일까 커플일까? 생각하는 순간에 손을 잡네. 건너편 츠타야 2층에서 창문에 따개비처럼 붙어 교차로를 한없이 내려다보고 있는 사람들을 나는 한없이 봤어. 이런 걸 보고 싶었어.

걷다 보니 시야가 문득 어둡다. 겨울 해는 빠르게 사라지고 해가 떠나면 술을 맞이해야지. 시부야에서 가장 크고 시끄러운 이자카야 〈곤파치〉에 들어왔어. 예약하지 않았지만 운 좋게 한 자리가 남아 있네. 바 테이블에 앉아서 담배를 꺼내니 종업원이 금속으로 된 재떨이를 가져다준다. 아, 도쿄의 이런 기민함도 나는 사랑해. 담배가 끝까지 타기도 전에 맥주가 나왔어.

크리스마스가 되기까지는 6시간이 남았어. 그리고 네가 오기까지는 4시간이 남았다. T, 너와 마시는 맥주를 위해 지금은 맥주를 아주 천천히 마실게. 어서 오렴. 메리 크리스마스.

음연시 2: 봄의 공원에서

내가 가 본 적 없는 봄의 공원에는 네가 기다리고 있다. 있잖아, 나는 봄도 공원도 좋아하지 않아. 하지만 봄과 공원을 좋아하는 너를 좋아하니까 나도 그곳으로 향해 보기로 한다. 있잖아, 나는 사실 이렇게 햇볕이 따사로운 날이면 집에 틀어박혀 맥주나 마시는 게 좋아. 만물이 약동하는 기운 따위는 딱 질색이거든. 하지만 초목에 감동하는 너의 얼굴을 보고 싶으니까 집을 나서 볼게.

바깥은 4월, 서른 번이나 반복되었는데도 늘 처음처럼 느껴지는 계절의 공기. 유난히 봄을 탄다고 이야기하는 사람들의 유난스럽지도 않게 들뜬 눈빛. 벚꽃을 보러 우르르 모여드는 벚꽃보다 많은 사람들. 길어진 해는 6시가 되어서야 슬며시 얼굴을 가리고, 축제 분위기의 거리는 센과 치히로의 그곳처럼 밤의 얼굴을 밝힌다.

아이는 엄마의 손을 쥐고, 애인은 애인의 손을 쥐고, 중년의 여성은 노년의 아버지의 손을 쥐고 걷고 있다. 내 손에는 너에게 주려고 산 쿠키 박스가 쥐여 있어. 너는 나에게 주려고 산 캔맥주 봉지를 쥐고 있을 걸 안다. 그러니까 우리는 이 인간의 파도 속에서도 외롭지 않은 거야. 마음을 손에 쥘 수 있다는 건 신기하고 아름다운 일이지.

바람이 쏴아 하고 불 때마다 거대한 분홍색 파도가 하늘을 향해 일었다가 사람들의 머리 위에 앉는다. 행상인이 틀어 둔 그저 그런 음질의 흘러간 봄노래 위에 풀벌

(음주가무)

레 소리가 앉는다. 다 똑같은 너비의 벤치에 다 다른 부피의 사람들이 앉아 있다. 정말 다들 웃기고 앉았다. 내가 봄을 사랑하게 만들려고 작정이나 한 것 같잖아. 네가 모두에게 미리 사주한 것은 아닌지 나는 의심한다.

봄의 공원에 발을 들인 지 30분 만에 나는 봄의 공원을 좋아하게 된다. 이건 절대로 너의 탓이야. 네가 기어코 나를 소파 밖으로, 집 밖으로 끌어낸 탓이야. 네가 사람들에게, 풀벌레에게, 벚나무에게 아름다우라고 언질을 준 탓이야. 올해 봄에 네가 있는 탓이야. 네가 봄을 좋아하는 탓이야.

너의 탓들을 막 쏟아 내려고 하는데 저 멀리 네가 보인다. 캔맥주 봉지를 반갑게 흔들면서. 네 위로 벚꽃이 쏟아진다. 내 마음은 온통 벚꽃으로 뒤덮여서 아무것도 생각나지 않는다.

음연시 3: 여름의 빗속에서

우리, 여름에 만날까요? 쏟아지는 비의 계절에, 낮과 밤의 구분이 무의미한 어떤 컴컴한 날에 만나는 거예요. 각자의 우산을 받쳐 들고, 각자가 자주 다니는 길을 걸어와 중간에서 만나요. 블라우스의 어깨가 축축이 젖고 머리칼이 빗물을 머금어 철렁거려도 좋아요. 가방 속에 당신과 나눠 먹으려고 산 초콜릿이 있어요. 우리, 안전한 곳으로 가서 빗소리를 들으며 초콜릿을 먹는 건 어때요.

도쿄에서 가장 큰 공원으로 가 볼까요. 아무도 우리를 모를 자유로운 곳으로요. 내가 먼지처럼 작게 느껴지는 크고 깊은 공원, 그 속에서도 깊이, 더 깊이 들어가 보는 거예요. 마침내 빗소리조차 안개처럼 자욱해지고 풀벌레 소리조차 끊기는 가장 깊숙한 정원, 공원이 생긴 이래 아무도 찾은 적 없는 게 분명한 그곳에서 멈추자구요. 여기서 일어나는 모든 일이 우리만의 비밀이 될 수 있게요.

신고 온 신발은 벗어 버려요. 기분 나쁜 흙먼지도 욱신거리는 발뒤꿈치 통증도, 벗어서 벤치 뒤로 던져 버려요. 이 비가 씻어 줄 거예요. 달군 칼날 같은 말들에 마음이 버리어진 어제는 잊어요. 낙석같이 쿵쿵 떨어져 부딪혀 오던 책임감도 여기엔 없어요. 믿어 봐요. 이 비엔 그런 힘이 있어요. 믿기 힘들겠지만 이거 내가 내린 비예요. 저번 달 내내 기우제를 지냈거든요.

비와 입을 맞춰 봐요. 코로, 눈으로, 볼로 떨어지는 빗방울에 인사해 봐요. 같이 잔디를 밟아 봐요. 너무 세지 않게, 부드럽게 춤을 추듯이, 발을 간지럽혀 당신을 깔깔 웃게 해 주고 싶어요. 그러다가 졸리면 함께 평상에 누워 잠을 자요. 시계도 알람도 이곳엔 없어요. 처마에 듣는 빗소리를 자장가 삼아서요. 이렇게나 시끄럽고 이렇게나 쉴 새 없는 소리가 마음을 고요하게 해 준다니 신기하죠? 맞아요. 이것도 내 기도의 일부예요.

몇 시간이 지났는지 며칠이 지났는지 몰라요. 잠에서

깨도 여전히 비가 오고 있어요. 우리, 따뜻해진 몸이 식어 버리기 전에 가요. 일찍부터 문을 연 어느 작은 오뎅 바로 갈까요. 따뜻한 국물을 한 모금 마실 때마다 우리의 비밀이 몸 곳곳으로 퍼질 수 있게요. 골목 안쪽 지하에 있는 재즈 바에도 가 볼까요. 당신이 아는 곡이 연주될 때는 당신이 내게 귓속말을, 내가 아는 곡이 등장할 때는 내가 당신에게 귓속말을 해요. 둘 다 아는 곡일 때에는 샷을 한 잔씩 마시기로 해요. 취해도 몰라요. 비와 재즈라니, 반칙이잖아요.

우리, 여름에 만날까요. 비가 거세지는 만큼 당신은 순수해지고 나는 더 욕망하는 계절에. 내린 비의 양만큼 너절한 어제는 씻겨지고 청신한 오늘이 찾아오는 계절에. 사람의 모든 소음을 천둥과 빗소리가 덮어 버리는 계절에요.

잠깐 핸드폰 열어서 날씨 좀 볼래요? 장마가 오고 있어요.

거기서부터 쓰기

술과 글에는 떼려야 뗄 수 없는 깊은 상관관계가 있다. 두 글자의 모양새만 보아도 그렇다. 글에서 머리를 살짝 기울이고, 글이 눈물을 살짝 흘리면 술이 된다. 세상의 많은 글쟁이들은 통계적으로 높은 수치로 술쟁이를 겸하고 있(을 것이)다.

이 주관적 통계의 최초 데이터는 나의 모친이었다. 울산 병영에서 소문난 음주가무 여제였던 63년생 최수정 씨는 남편의 와이셔츠보다 글판을 주름잡는 문인이기도 했다. 엄마는 집안일을 하는 시간보다 기타를 치며 노래하기, 글쓰기에 몰두하는 시간이 더 많은 여성이었다. 초등학생이었던 내가 학교를 마치고 돌아와 포카칩을 먹으며 투니버스 만화영화를 보고 있는 사이 그녀는 오후 내내 김광석의 카세트 테이프를 틀어 두곤 기타를 치며 소주를 홀짝였다. 그러다 어딘가 쓸쓸한 얼굴로 노트에 무언가 잔뜩 휘갈기곤 했다. 주부의 시간으로 돌아간 엄마가 저녁밥을 짓는 사이 몰래 노트를 펼쳐 보면 이런 문장들이 적혀 있었다.

일상이라는 굴레에 갇힌 와이프라는 이름이여.
밥 짓는 아낙으로 죽어 갈 것인가, 글 짓는 여류작가로 태어날 것인가.
아! 지독히도 권태롭다.

문장들의 함의를 몰랐던 어린 나는 그저 권태롭다는

말이 멋지다고 생각했다. 나도 써먹어야지. 며칠 후 일
기장에 [오늘은 현장 학습을 갔다. 권태롭다.]라고 써
서 선생님이 깜짝 놀라기도 했다. 그렇게 나는 지나치
게 우수에 젖은 젊은 문인으로 자라났다. 중학교 3학
년 수학학원을 다니기 시작해 점수가 오르자 [내 안의
무엇인가가 열렬히 반짝인다. 도약한다. 더 높은 곳으
로.]라고 싸이월드 다이어리에 쓰는가 하면, 고등학교
1학년 때 몰래 핸드폰을 하다 압수당한 날에는 [마음
이 깊은 어둠에 잠긴다. 검은 것이 나를 압도한다.]라고
교과서 한구석에 쓰기도 했다. 마치 기구하고 한 많은
천재인 것처럼……

중고등학생을 거쳐 대학생이 되어서까지 끊임없이 글
을 썼다. 꽤 오랜 기간 꾸준히 글을 썼음에도 오랫동안
나의 글쓰기는 외로웠다. 자기소개서 1,000자, 답안지
한 장 잘 쓰는 것이 더 시급한 시절이었기에 논리보다
감성이 넘쳐흐르는 문장을 나눌 수 있는 글동무는 있
은 적이 없었다.

그러다 글쓰기 모임을 만들어야겠다는 결심을 했다.
당시 교양 있는 문화인들의 도시 서울에는 살롱 문화
라는 것이 성행했다. 18세기 프랑스 귀족 지식인 들의
사교 토론 모임이 21세기에 이르러 부활한 것이다. 독
서 살롱. 영화 살롱. 음악감상 살롱. 요리 살롱. 이름마
저 살랑살랑 가슴 뛰게 만드는 살롱은 메마른 현대 사
회를 살아가는 수많은 직장인들의 안식처가 되어 주었

다. 그리고 어느 날 나에게도 살롱을 열 기회가 찾아왔다. 소설 살롱 '문토'라는 곳에서 살롱 리더 자리를 제안해 온 것이다. 스물여섯 살 여름이었다. 내가 글깨나 쓴다고 이 바닥에 소문이 쫙 난 나머지 나를 모셔 가려나 보다 하며 선뜻 수락한 그 제안은 알고 보니 그냥 문토 대표님이 아는 언니의 친구였기에 온 것에 불과했다. 아무튼 간에 2018년 4월, 나는 글쓰기 모임을 이끌게 되었다. 아래는 모임 소개 페이지의 전문이다.

'거기서부터 쓰기'
토요일 오후에 만나 글을 쓰는 모임입니다. 무엇을 써야 할지 몰라 두리번거리게 될 때, 눈에 닿는 일상의 것들로부터 생각의 물꼬를 터뜨립니다. 흐르는 대로 써 내려갑니다. 자유롭게 씁니다. 이런 것도 글이 될까? 싶은 것이 정말로 글이 되는 마법의 시간. 종이와 나, 둘만 남고 세상은 잠시 꺼지는 시간이 될 겁니다. 무엇이든 골라 거기서부터 쓰는, 거기서부터 쓰기.

진행 방식
: 매달 2번의 정기 모임이 격주로 진행됩니다. 한 시즌 3달간 총 6번 모입니다. 모여서 그날 쓸 글감을 잠시 뒤적여 봅니다. 글감은 음악부터 영수증까지 다양합니다. '엇' 하고 생각난 걸 쓰기 시작해 앉은자리에서 바로 한 시간 동안 무엇이든 씁니다. 잘 쓰거나 못 쓴 글은 없기

로 합니다. 각자 쓴 걸 낭독하며 열다섯 가지 다른 이야기를 듣습니다. 글에 대해서 궁금한 거나 좋았던 게 있으면 얘기하기도 합니다. 글을 다 듣고 나선 달뜬 마음으로 헤어집니다. 집에 가는 길에 오늘 쓰고 들은 글이 자꾸 생각납니다.

참여 인원
: 최대 15명

이런 분들을 기다립니다
: 쓰는 게 재밌는 분. 쓰는 게 막막한 분. 쓰고 싶은 게 생기면 신나게 쓸 것만 같은 분. 좋은 문장에 울컥하고 짜릿해하는 분. 내가 쓴 걸 보여 주고도 싶고 남이 쓴 걸 보고도 싶은 분. 길 가다가도 생각나는 게 있으면 쭈그려 앉아 휘갈기는 분. 그래서 늘 노트와 펜을 가방에 넣어 다니는 분. 위의 소개를 읽고 기대돼서 배 속이 꿀렁인다면 바로 그분.

인스타그램과 페이스북에는 이런 게시물들이 올라갔다.

(광고) 광고회사 TBWA 카피라이터가 전하는 글쓰기 노하우
(마감 임박) 카피부터 에세이까지, 마음을 사로잡는 글쓰기의 A to Z

(음주가무)

솔깃한 문구에 혹한 직장인 15명이 모임에 등록을 했다. 호기롭게 뛰어들었건만 모임 시작 날이 다가올수록 소화불량 같은 긴장감이 스멀스멀 올라왔다. 돈을 내고 듣는 건데 재미없으면 어떡하지? 지정된 3시간을 절반도 못 채우면 어떡하지? 리더가 같잖다고 컴플레인 들어오면 어떡하지? 나는 너무 긴장한 나머지 모임 첫날 집에서 토를 하다가 지각을 하고 말았다. 리더가. 그것도 첫날에.

바짝바짝 말라 가는 입속에서 3초마다 마른침을 삼키며 나는 꾸역꾸역 모임을 진행했다. 내가 계획했던 진행 방식은 이러했다. 1) 오늘의 주제를 소개한다(무라카미 하루키의 짤막한 글 '굴튀김 이론'을 읽고 각자의 굴튀김에 해당하는 무언가에 대해 쓸 거였다). 2) 1시간 동안 앉은자리에서 각자 글을 쓴다. 3) 한 명씩 돌아가며 글을 읽는다. 4) 서로 앞다투어 글에 대한 코멘트를 한다…… 계획대로 되지 않은 것은 마지막 단계였다. 한국 수업의 불문율 '먼저 손을 들고 말하지 않는다'를 잠시 잊고 있었던 것이다. 첫 타자가 글을 읽자 모두 짝짝짝 박수를 치고는 어색하고 공허한 침묵이 영겁처럼 이어졌다. 리더답게 내가 포문을 열었다. ○○님은 문장을 낯설게 쓰는 능력이 탁월하신 것 같아요. '어쩌고저쩌고'라고 쓰신 대목이 특히 인상 깊었습니다. 잘 들었습니다. 자, 다른 분들은 어떻게 들으셨어요? (침묵) (핸드폰을 하는 사람) (본인 글을 고치는 사람)

그렇게 고요 속의 외침과도 같은 3시간이 더듬더듬 지나갔다. 글을 쓰고 읽고 나누는 것은 생각처럼 숨 쉬듯 자연스러운 일이 아니었다. 첫날 전원 출석이던 모임은 회차를 거듭할수록 빠르게 출석률이 낮아졌다.

> [리더님, 신춘문예 등단을 목표로 날카로운 문학적 합평을 기대했던 제게 맞지 않는 모임인 것 같아 중도 하차하겠습니다. 죄송합니다.]
> [모임장님, 주말마다 피할 수 없는 일정이 생겨 관둬야 할 것 같아요. 죄송해요.]
> [(그냥 잠수)]

저마다의 사정을 십분 존중하기에 이탈자를 원망하지는 않았지만 그래도 마음이 아픈 것은 어쩔 수 없는 일이었다. 거절이란 언제나 쓰라린 법이다. '귀하의 뛰어난 역량에도 불구하고 예상보다 많은 지원자로 인해…'랄지 '네가 싫어서가 아니라 내 사정 때문에…' 같은 문장처럼. 급기야 시즌 마지막 날이던 어느 여름의 토요일에는 나와 멤버 두 명, 총 세 명이 참석해 글을 썼다. 그날의 주제는 얄궂게도 '사라져 가는 것들에 대하여'였다. 그 와중에 한 명은 다른 일정 때문에 중간에 슬그머니 퇴장했다. 실제로 사람들이 사라져 가는 곳에서 우리는 사라져 가는 것들에 대하여 글을 썼다. 내가 황금 같은 주말에 사람들의 시간을 빼앗고 있구나, 글쓰기 모임 따위 그만둘까, 진지하게 고민하던 때였다. 멤버 한 명이 다음 시즌에 재등록하겠다는 의사를 메시지로 보내왔다. 너무 놀라고 기쁜 나머지 나는 그에게 다짜고짜 전화를 걸었다.

─용일님 여보세요, 진짜요? 진짜? 아니 어쩌다가요?
─엇. 리더님. 저는 거기서부터 쓰기가 참 즐거웠는데용.
─저는 누군가 재등록을 할 줄은.
─저는 다들 재등록할 줄 알았는데. 이렇게 모여서 글 쓰고 읽는 경험은 귀하잖아요.

그가 말해 준 최초의 이 후기가 나의 글쓰기 모임을 다시 살게 했다. 정말로 재등록을 해 준 그분을 기점으로 시즌을 거듭하며 이 모임을 즐거워해 주는 사람들이 점점 생겨났다. 어떤 시즌에는 최초의 개근생이 나왔고 어떤 시즌에는 글을 읽다가 모두가 눈물을 흘리기도 했다. 또 어떤 시즌에는 글만 읽고 헤어지기 아쉬운 나머지 모두 함께 밤이 새도록 술을 마시곤 했다. 오픈 3분 만에 모집이 마감되는 사건이 벌어진 시즌도 있었다. 신청을 놓쳐서 분하다며 다음 시즌에는 꼭 성공하리라고 말하는 몇몇 사람들을 보며 나는 현실이 아닌 것 같은 기분을 느꼈다.

거기서부터 쓰기는 어느덧 6년 차 시즌 20을 맞은 장

수 모임이 되었다. 최초의 재등록 멤버였던 용일님은 그 후로 단 한 시즌도 빠지지 않고 함께하고 있다. 거기서부터 쓰기가 어떻게 이렇게 오래 살아남았는지를 생각할 때마다 나는 내 인생 최초의 글쟁이였던 엄마를 떠올리게 된다. 마음속에 글을 품은 사람은 일상 속에서는 대체로 그것을 숨기기가 쉽다. 그가 살아 내야 하는 현실이 낭만과 감성보다는 성실과 이성을 요구할 것이기 때문이다. 주부였던 엄마는 문인으로서의 자신을 일평생 그리워했다. 거기서부터 쓰기에 오는 사람들도 모두 비슷한 마음일 것이다.

어떤 멤버는 평일에는 여의도 고층 빌딩의 증권맨으로 살다가 토요일만큼은 해요체로 된 다정한 글을 쓰는 사람이 된다. 또 다른 멤버는 회사에서 맑은고딕의 절도 있는 텍스트와 숫자로 된 보고서만 쓰다가 모임에 와선 손글씨로 소설을 써 내려간다. 사회에서 사람 만나는 것을 대체로 좋아하지 않는다는 어떤 멤버는 글의 매력만으로 본의 아니게 너무 많은 사람들을 끌어당기곤 한다. 게임회사 개발자인 한 멤버는 어느 날 지난 1년간 줌으로 언어 교환을 했던 세네갈 여인에게 청혼하러 가겠다고 글을 쓰고는 그날 밤 비행기로 세네갈로 떠나 버렸다. 3주 후 정말로 결혼을 하고 돌아온 그가 거기서부터 쓰기에서 글을 쓰며 얻은 용기 덕분에 인생을 바꾸는 도전을 할 수 있었다고 말한 순간 내가 얼마나 크게 엉엉 울었는지.

거기서부터 쓰기 사람들은 서로가 몇 살인지, 어느 대학을 나왔는지, 어떤 직장을 다니는지 정확히 모른다. 정확히 알려고 하지 않는다. 몰라도 상관없기 때문이다. 우리의 자기소개는 글로 시작되고 서로를 기억하는 매개 또한 글이다. 저번에 런던에 대해서 쓰신 그분, 김연경 선수 헌정 글을 쓰신 그분 같은 말로 모든 것이 통한다. 서로에게 애정이 싹트는 것도 글 때문이다. 무슨 어른들의 술자리가 칭찬왕을 뽑는 유치원 대회 같을까 싶을 정도로 우리의 뒤풀이는 낯뜨겁다. K님 문장을 들을 때마다 감탄해요. 어떻게 그렇게 뜨겁고도 시원하게 쓰세요? Y님, 서울대 글쓰기 학과 나오신 거 맞죠? 아니고서야 그렇게 쓸 리가 없어. 거기서부터 쓰기 다크호스 J님, 왜 이제야 오셨담.

글을 쓰는 자아는 평시의 자아보다 훨씬 말랑하기 때문일까. 글을 안주 삼아 술을 마시는 우리의 뒤풀이는 안전하다. 누군가의 말로 상처받는 일이 없다. 자신을 내세우거나 타인을 깎아내리는 사람도 없다. 다름에 대한 혐오가 없다. 폭발하는 것은 단 하나, 애정 표현뿐. 이것이 글의 힘이다. 서로를 솔직하게 좋아할 수 있게 되는 것. 술과 글이 서로 닮은 점이다. 술쟁이와 글쟁이는 높은 확률로 양쪽 모두를 겸한다. 나의 통계가 다시 한번 증명되는 순간이다.

술에 지지 않는 비밀, 마술싸

나를 아는 사람들이 늘 놀라워하는 점이 있다. 내가 그렇게 매일 술을 마시고도 멀쩡히 일어나 부지런히 할 일을 한다는 점이다. 인스타그램 스토리를 보면 분명 어제도 1시까지 술집이었는데, 다음 스토리에 새벽 6시쯤 식물에 물을 주는 사진이 올라온다거나 아침 8시 30분에 업무 메일을 보낸다거나 하는 것을 두고 저 사람은 정말 체력이 대단하다, 에너지가 엄청난 것 같다, 하는 식이다.

나는 그저 빙긋 웃으며 별거 아니다, 원체 아침잠이 없는 편이다, 하고 응수하면서 은근슬쩍 내가 성실하다는 쪽으로 여론이 형성되는 것을 모른 체 내버려 둔다. 결론만 놓고 보면 틀린 것은 없기 때문에 크게 죄책감을 가지지는 않으려 하지만 사실 주변에 알리지 않은 한 가지 비밀이 있다. 자랑거리도 아니거니와 오히려 부끄러운 이야기여서 말하지 않은 비밀. 그러나 음주에 관한 책을 쓰면서 이 이야기를 안 할 수는 없기 때문에 밝히기로 결심한 매일의 비밀. 다음 문단부터는 제법 더러운 용어들이 이어지기 때문에 혹시 똥오줌 이야기를 싫어하거나 상상력이 지나치게 구체적으로 좋거나 혹은 비위가 약한 사람이라면 이번 꼭지는 스킵하시기를 미리 조심스럽게 권한다.

(독자 보호용 공백)

자 그렇다면 그 비밀이 무엇인가. 그것은 한마디로 '마
술싸'다. 마신 술만큼 싸 버린다는 의미다. 내 몸은 술
을 마신 다음 날 새벽 6시 30~40분경에 어김없이 술
똥을 싸야 하는, 그것을 내보낸 후에는 놀라울 정도
로 개운해지는 괴이하고 정확한 메커니즘을 가지고 있
다. 칸트가 산책하는 것을 보고 사람들이 시간을 알았
다는 일화처럼 나의 모닝술똥은 그 자체로 자명종이나
다름없다. 6시 45분에 맞춰 놓은 핸드폰 알람이 울리
기 몇 분 전에 귀신같이 눈을 뜨곤 한다. 구르르륵 두
우웅 구우우우 하는 뱃고동 소리와 함께.

이 인체의 신비를 좀 더 심도 있게 이해하려면 어릴 적
부터의 내력을 살펴보아야 한다. 별 이야기를 다 하게
되는 듯한데, 나는 유치원 시절부터 똥쟁이였다. 유치
원 친구들이랑 선생님이랑 같이 꼭꼭 씹어 맛나게 밥
을 먹고 나면 정확히 10분 후부터 똥이 마려웠다. 돈
가스를 먹은 날에도 시금치를 먹은 날에도 똑같이 배
가 찌르르 아파 왔다. 다른 친구들도 그런 줄 알았는데
나만큼 자주 화장실을 가는 애는 없는 것 같았다.

하루는 밥을 느릿느릿 먹느라 거의 마지막까지 남은
탓에 응가 타이밍을 놓쳤다. 오후 수업이 시작되고 나
는 점점 사색이 되었다. 숫기가 없어 선생님께 화장실
가고 싶다는 말을 차마 꺼내지 못하고 혼자 발을 동동
굴렀다. 결국 다섯 살 지우 어린이는 해나라반 교실에
서 응가를 해 버렸다. 응앙응앙 우는 나를 화장실로 데

려가 손수 씻기고 바지를 갈아입혀 주었던 이희선 담임 선생님, 우르르 몰려와 지지래요 지지래요 놀리는 남자아이들을 야단쳐 준 그 선생님을 나는 지금도 정말로 존경한다.

인생 5년 차에 끝장나게 응가 신고식을 치른 후로 내게는 늘 장을 1순위로 아끼는 마음가짐이 생겼다. 어디서든 변의를 참지 말자고, 언제든 화장실에 오래 다녀오는 것을 부끄럽게 생각하지 말자고. 똥이라는 자연스러운 생리 현상을 가지고 사람을 놀리는 사람의 인성을 되레 나쁘게 여기자고. 그리하여 나는 여러 해에 걸쳐서 변에 관한 나만의 사상을 쌓아 왔다. 유가, 법가, 도가의 뒤를 잇는(다고 하기는 어렵지만) 응가應家(응할 응을 썼다)라 칭하기로 한다.

응가에서 말하는 변의 이로운 점은 이모저모로 다변적이지만 굵고 큼직한 것부터 이야기해 보자면 이런 것들이다. 우선 조용히 사색할 수 있는 시간이 주기적으로 있다는 점이다. 화장실은 오롯이 홀로 되기에 얼마나 적절하고 안전한 공간인가. 내가 정말 좋아하는 대림버스의 광고 카피는 이렇다. "90%의 사람들이 눈을 뜨면 가장 먼저 가는 곳. 60%의 사람들이 아이가 생긴 것을 처음 알게 되는 곳. 66%의 사람들이 새로운 아이디어를 얻는 곳. 82%의 사람들이 울고 싶을 때 달려가는 곳. 하지만 70%의 사람들이 그 가치를 모르는 곳. 욕실은 가장 아름다운 방이어야 합니다." 그렇다. 화장실은 들르는 곳이 아닌 머무는 공간이다. 화장실에 앉아 있는 시간만큼 자유롭고 나에게 집중할 수 있는 시간은 별로 없다. 공교롭게도 대화할 변(辯)이라는 한자가 있는 걸 보면 선인들은 알았던 것이 아닐까. 변(便)이 10분가량의 나와의 대화(辯)라는 걸. 그것이 변이 우리에게 주는 매일의 선물이라는 걸.

두 번째. 반대급부의 괴로움을 생각해 보더라도 배설에 어려움이 없다는 것은 천만다행한 일이다. 세상에는 변비라고 하는 기가 막히고 장이 막히는 놈이 있다고 들었다. 살면서 한 번도 이틀 이상 변을 못 본 적이 없는 나로서는 상상도 못 할 일이다. 그러나 주변에서 변비로 고통받는 사람들을 심심찮게 목격할 수 있었다. 며칠 동안 배가 묵직해서 답답해 견딜 수가 없다든지 일본에서 유명한 똥차(변비 해소에 도움이 되는 성분으로 만든 차)를 사서 마시고 있다는 말을 들으면 얼마나 괴로울까 싶으면서도 내게는 없는 고민이라는 사실이 내심 다행스럽고 감사한 것이다. 세상의 모든 변비인에게 이 자리를 빌려 위로와 진심 어린 응원을 전한다.

그리고 세 번째. 정시성이 보장된 변은 그렇지 않은 경우에 비해 일상적 안정감을 준다. 정확히 아침에 눈뜨자마자 일을 치르는 나는 출근길에 급변하는 장내 상황 때문에 배신감을 느낀다거나 예고 없이 찾아오는 신호 때문에 중요한 미팅을 그르친다거나 하는 일이

거의 없다. 늦게까지 술을 마셔도 꼭 정해진 시간에 일어나게 되기 때문에 회사에 지각을 하는 일도 좀처럼 없다. 남들보다 긴 밤을 보내는 술꾼으로서 아침에 뒤탈이 없다는 게 얼마나 큰 축복인지는 음주인이라면 다들 공감할 것이다.

마지막으로 이 글을 쓴 이유이자 변에게 감사한 점이 또 하나 있다. 술자리에서의 변은 나를 붙들어 주는 친구 같은 존재라는 점이다. 술을 마시다 보면 가끔 자제할 수 없는 때가 있다. 술이 술을 붓고 흥이 흥을 부르는 탓에 부스터를 단 자동차처럼 달리게 되는 나를 발견하게 되는 것이다. 그때 갑자기 찾아오는 신호는 브레이크가 되어 제동을 걸어 준다. 부르으으으으으응!(더 마셔 더 마셔!) 우와아아아아아아앙!!(빼지 말고 원샷!!)…… 끼이익!!!?(앗, 배가?) 대체로 이런 형국이다. 신체를 이기는 정신은 없는 법이기에 나는 퍼뜩 이성을 되찾고 잠시 술자리를 벗어난다. 굉음의 도로에서 한 발짝 떨어져 술로 인한 독소를 내보낸 뒤 양 볼에 바깥 바람을 쐬고 다시 자리로 돌아오면 한층 진정된 상태가 된다. 자동차고 인간이고 과속은 위험한 법이다. 적정 속도를 넘겨서 달리다가 제풀에 나동그라질 수도 있고 선을 넘어 질주하다가 다른 차와 부딪칠 수도 있는 것이다. 자제력이 부족한 나라는 인간에게 변은 참으로 기막힌 타이밍에 찾아와서 나를 멈춘다.

한번은 이런 일이 있었다. 기분 좋게 술을 마시는데 그

자리의 어떤 인간이 자꾸 신경을 긁는 말을 하는 것이다. 자신의 직업과 벌이를 남들과 비교해 자랑한다든지(제가 변호사인데요 하하 자랑은 아닌데 한 달 수입이… 대기업 다니는 친구보다 몇 배를…) 여자가 어떻고 남자가 어떻고 등등 방금 막 조선시대에서 온 듯한 발언을 한다든지(여자들은 남자랑 데이트할 때 이런 걸 좋아하지 않나요? 저는 그런 여자를 많이 봤는데…) 하는 식이었다. 나는 열이 받아 평소보다 술을 빠르게 마셨고 점점 뚝배기가 달아올랐다. 부글부글 끓어 넘치기 일보 직전이 되어 마구 쏟아 낼 참이었다. 당신이 변호사를 하든 벼농사를 짓든 별로 관심 없다, 법적 조력보다는 밥적 조력이 내게는 당장에 요긴하니 차라리 벼농사를 짓는 것이 훨씬 매력적일 듯하다, 그리고 여자에게 남자랑 데이트를 하고 싶은지부터 물어보는 게 예의 아니냐, 하고 싶다손 쳐도 당신 같은 남자와는 그다지 데이트하고 싶지 않을 것이다……

그런데 그 순간에 또 예의 그 변의가 찾아왔다. 화장실을 다녀와서 진정하고 다시 앉아 그 사람을 마주하자 아까와는 다른 온도로 바라보게 되었다. 너른 시선으로 보니 주변 사람들도 딱히 맞장구치지 않는 이야기를 혼자 신나서 늘어놓고 있는 것이 딱하기도 하고 우습기도 했다. 나 빼고는 모두 이미 알고 있는 듯했다. 스스로 잘난 맛에 도취된 사람은 그러라고 내버려 두는 것이 보다 현명한 대처임을. 아, 그렇지. 똥은 무서워서 피하는 것도 아니고 더러워서 피하는 것도 아니고 그저 내보내고 흘려보내는 것임을. 발끈해서 싸우려고 했던 10분 전의 내가 부끄러워졌다. 이렇게 또 변덕에 한 수 배웠다.

세상은 말한다. 똥은 지지라고. 나는 말한다. 절대 더러운 지지가 아니라고. 응가를 해 버린 과거의 나는 졌다. 하지만 변을 받아들인 지금의 나는 지지 않는다. 내가 술에 지지 않는 비밀. 그것은 변의 변함없는 지지였다. 그렇다. 이것은 나의 지지 않는 고백이다.

성공의 맛을 느끼고 싶다면 혼마카세를 먹으러
가자

직업인이 되고 나서 가장 좋았던 순간은 언제였을까. 카피라이터로서 만족할 만한 카피를 써내 프로젝트에서 보무당당하게 활약했을 때? 클라이언트가 박수를 치며 감사를 표했을 때? 한 단계 위의 직급으로 승진한 때? 모두 좋았지만 정답은 아니다. 역시 가장 좋은 순간은 월급이 들어온 때다. 매달 21일 오전 9시, 통장에 기다란 숫자가 찍히는 순간 필이 짜르르 오는 것이다. 다신 이런 기쁨 내게 없다는 것을. 8년 하고도 7개월을 회사에 다녔으니 103번의 월급을 받았을진대 그것은 질리는 법이 없고 늘 새로운 황홀을 맛 보여 준다. 104번째 월급을 받아도 분명 생애 첫 월급인 것처럼 감격할 것이다.

월급을 받으면 의식儀式적으로 오마카세를 먹으러 간다. 오마카세란 '맡긴다'라는 뜻의 일본어다. 손님이 요리사에게 메뉴를 알아서 맡기고, 요리사는 가장 신선한 재료로 가장 자신 있는 요리를 만들어 선보이는 것이다. 참돔이 나올지 우니가 나올지, 튀김이 나올지 탕이 나올지 알 수 없다. 그러나 무엇이든 감동적인 맛임은 확실하다. 세상에서 가장 확실하게 아름다운 불확실성의 향연이다.

음식 맛도 맛이지만 내가 오마카세를 먹으러 가는 진정한 이유는 성공의 맛을 느끼고 싶어서다. 무척 속물적인 이유이나 그럼에도 반드시 권하고 싶다. 자존감은 멀리 있지 않다. 극진히 대접받는 한 점의 사시미에 성공의 맛은 스며 있다. 정중히 따라 주는 한 잔의 사케에 나라는 인간의 존엄이 담겨 있다. 아, 이러려고 돈을 버는 것이구나. 이 융숭한 환대 덕분에 지난 한 달의 피로와 번민이 납득되는 것이다.

자주 가는 연남동의 한 스시야는 나를 모 국가 왕실의 자제쯤으로 등극시켜 준다. 늘 월급을 탕진하고야 마는 그 단골집에 발을 들이는 순간 마스터가 지우히메, 오셨습니까! 하고 외치기 때문이다. 일개 회사원에 지나지 않는 나는 그때부터 90분 동안 타국의 공주가 되어 보기로 한다. 문밖의 세상은 잠시 잊는다. 전세 대출, 아파트 평수, 빼곡한 메일함, 쌓인 빨래 걱정은 내려놓는다. 인생을 바꿔 살기로 한 왕자와 거지처럼 입고 온 것을 벗어 두고 잠시 다른 옷을 입어 보는 것이다.

훌륭한 오마카세란 무엇인가. 맛은 기본이고 핵심은 무엇보다 부담스럽지 않게 적정선을 지키는 섬세한 서비스에 달려 있다. "퇴근하고 오는 길이세요?" "네, 오늘 월급날이거든요." "고생 많으셨네요. 오늘은 우니랑 방어가 좋습니다. 드릴까요?" 회사가 어디냐, 왜 혼자 왔느냐, 이런 것을 묻지 않고 손님이 말하고 싶은 것만 말하도록 적절히 이끌어 내는 한 번의 명료한 질문. 월급날이기에 조금 더 호사스럽게 먹고 싶을 것을 간파하곤 고급 식재료를 권하는 센스. 그 섬세함이 끊임없

(음주가무)

이 이어진다. 이를테면 물잔이 빈 것을 놓치지 않고 물을 채워 준다든지(비어 있는 시간이 오래가서는 안 된다), 맥주를 두어 잔 마신 후 물끄러미 벽면에 늘어선 사케병들을 바라보고 있으면 곁들일 만한 사케를 추천해 준다든지(그 맛은 또 기가 막히다), 심심할 때쯤이면 간헐적으로 대화를 건넨다든지(사적인 것에 관해서는 묻지 않는다). 이 모든 것들이 적정한 선을 두고 이루어진다.

술과 술자리를 좋아한다고 해서 늘 사람들과 부대끼는 것을 좋아하는 건 아니다. 어떤 친구는 날더러 여러 명이 있는 술자리에서는 스페인 사람 같고 혼자 술을 마실 때는 일본인 같다고 말했다. 몹시 정확하면서도 나를 근사하게 표현한 말 같아서 나는 박수를 쳤다. 스페인 술집처럼 왁자지껄하고 모두가 모두의 친구가 되는 분위기가 사무치게 고플 때도 있지만 또 어떤 날에는 혼자 술에 잠기고 싶은 것이다. 세상의 소음으로부터 고립되어 술 한 잔 한 잔과 대화를 하고 싶은 그런 저녁이 있다. 나를 모르는 타인에 둘러싸여 정중히 소외되는 시간. 내가 허락한 영역만큼만 침범받는 공간. 그것이 완벽하게 가능해지는 때가 혼자서 오마카세를 먹는 시간, 혼마카세다.

〈와카코와 술〉이라는 일본의 만화이자 애니메이션이자 드라마는 늘 똑같은 독백으로 시작한다. "무라사키 와카코, 26세. 술을 원하는 혀를 가지고 태어났기에 오늘 밤도 혼자서 술 한잔 걸칠 곳을 찾아 이리저리 헤맨다. 지금 당신 옆에 있을지도 모를 혼자 마시는 주당녀의 짤막한 이야기." 극의 주인공이자 거의 분량의 80%를 독백으로 차지하는 무라사키 와카코는 회사에 다니며 업무에 치이기도 하고 동료와 정을 나누기도, 동료에 정이 털리기도 하는 평범한 직장인이다. 그런 그녀가 유일하게 자유를 느끼는 시간은 퇴근 후 혼자 술집을 전전하는 시간이다. 닭 가라아게에 생맥주를 마실지, 전갱이 구이에 사케를 마실지 고민하는 것도 자유. 여기서 간단히 먹고 또 다음 가게로 옮길지를 결정하는 것도 자유. 마시는 속도와 양까지도 모두 나 혼자만의 자유. 옆 사람 눈치를 볼 필요도 없이, 서로 다른 입맛과 취향을 맞출 필요도 없이 원하는 술과 안주를 곁에 두고 한잔하는 지고의 행복. 놀랍게도 내가 처음 〈와카코와 술〉을 시청한 때가 스물여섯 가을이었다. 1화를 트는 순간 내 귀가 자동 번역을 했기에 내게는 도입의 독백이 이렇게 들렸다. 박지우, 26세. 술을 원하는 혀를 가지고 태어났기에 오늘 밤도 혼자서 술 한잔 걸칠 곳을 찾아 연남동이며 신촌 등지를 헤맨다…… 나의 롤모델은 그때부터 지금까지 무라사키 와카코다.

불과 몇 년 전만 해도 혼술이라는 말에 스민 암묵적으로 동의된 것 같은 뉘앙스가 있었다. 어딘가 음침하고 사연 있을 것 같은 느낌. 애인이랑 헤어지고 혼자 술 마시는 사람. 사업에 실패하고 혼자 술 마시는 사람. 친구가 없어서 혼술 하는 사람. 나는 그런 시대적 편견을 거슬러 꾸준히 '혼술 지위 정상화 운동'을 펼쳐 왔다. 월급을 받았으니 혼술 하기. 경쟁PT에 승리하고 혼술 하기. 원고를 마감한 기념으로 혼술 하기. 멋진 목적어에 기쁜 서술어를 붙여서 혼술에게 꾸준히 선물해 왔다. 혼술이 내게 선사하는 자유를 생각하면 나도 그 정도는 응당 해야 하니까.

이번 달에도 월급을 받으면 혼마카세를 하러 갈 것이다. 시원한 카피를 쓰고 싶어서 골머리를 앓은 나에게 시원한 나마비루를 상으로 내릴 것이다. 여름이 다 가도록 여름휴가를 계획만 해 두고 있는 나에게 우니를 선물해 바다를 미리 맛보게 해 줄 것이다. 전화 통화를 너무 많이 해서 혓바닥이 까슬까슬해진 입속에 굴튀김을 선사해 뜨겁고 바삭하게 기름칠을 해 줄 작정이다. 혼술 지위 정상화 운동 본부 본부장답게 당신에게 권한다. 이번 달이 유난히 벅찼던, 사람에게 치인 나머지 고독이 그리워진, 낮은 직위를 잊고 새로운 신분을 잠시라도 사고 싶은 누구라도 월급을 타면 혼마카세를 하러 가자. 30일간의 현생에 대한 90분가량의 보상으로. 그 정도는 누려도 괜찮지 않은가.

술맛 나게 해 준 동료에게 바치는 헌사

나는 광고회사의 평균 근속 연수보다 훨씬 오래 한 회사를 다녔다. 광고업계 평균 근속 연수 3.2년, 평균 이직 횟수 2.8회. 나의 근속 연수 8.6년, 이직 횟수 0회. 옮기고 싶지 않느냐, 질리지도 않느냐는 물음을 들을 때면 나의 대답은 늘 한결같았다. "어느 날 출근하기 죽도록 싫어지면 그만둘 거야. 근데 그런 적이 아직 한 번도 없어."

(잠시 빗발치는 좌중의 야유를 잠재운 뒤) 나도 알고 있다. 출근하기 싫은 날이 왜 없겠는가. 유난히 침대가 보드랍고 포근한 날이나 비가 억수같이 쏟아지고 집 안은 어둑어둑해 눈뜨자마자 막걸리가 생각나는 날, 밤을 새워 명작 애니메이션을 보고 난 뒤 아직도 한참 남은 회차를 뒤로하고 문을 나서야 하는 아침처럼 출근을 하기 싫은 이유는 백만 가지 정도 된다는 것이 학계의 정설이지만은. 그러나 나의 경우 그 백만 가지 중에 '동료가 싫어서'라는 이유는 들어 있지 않다. 그렇다. 나는 타고나기를 동료운이 무시무시하게 좋다. 후술할 이야기는 나의 회사생활 8년을 지탱해 준 동료들에게 바치는 헌사다.

헌사 1: 받은 술값의 무게
2015년 3월, 스물세 살. 나는 인턴 카피라이터로 회사생활을 시작했다. 입사 후 6개월은 인생에서 아마도 술을 가장 많이 얻어먹은 시기일 것이다. 전사 직원

200명 중에서 내가 가장 막내였던 덕택일까. 후배가 예뻐서 혹은 엉망진창이어서, 그래서 가여웠거나 그럼에도 기특해서, 그 모든 이유로 그 모든 선배들이 앞다투어 막내에게 밥과 술을 사 주었다. 당최 돈 나갈 일이 없었다. 매번 얻어먹기만 해서 죄송하다고 말하며 머리를 긁적이면 선배는 얻어먹은 만큼 밥값 술값 하는 카피라이터가 되라고 말했다. 3차까지 내가 낼 기회를 주지 않던 또 다른 선배는 나중에 너도 선배가 되면 후배들에게 갚아 주라고 이야기했다. 와씨, 간지 작살나네, 생각하며 나는 언젠가 실력으로 그리고 술값으로 모두를 혼쭐내 주리라 다짐했다.

8년 차가 된 지금은 술을 얻어먹을 일보다 사 먹일 일이 더 많아졌기에 열심히 빚을 갚고 있는 셈이다. 후배에게 술을 사 주는 마음이 어떤 것인지 몸소 깨닫고 있다. 사회초년생인 너의 월급에서 이삼만 원이 얼마나 큰 출혈인지를 헤아리는 마음. 자랑할 일보다 좌절하는 일이 더 많을 너에게 이렇게라도 힘을 보태고 싶은 마음. 오늘 나와 마신 술의 중량만큼 내일의 네가 더 오래 좋은 동료로 남아 주었으면 하는 마음. 그 마음을 신용카드에 눌러 담아 이제는 나도 이렇게 말하는 것이다. 됐어, 너도 나중에 선배가 되면 후배들에게 갚아 줘. 그러고는 집에 돌아와 샤워를 하고 침대에 누워 코를 만지며 생각하는 것이다. 와씨, 간지 작살났네. 선배도 예전에 밤에 누워 이렇게 생각하셨을까?

헌사 2: 눈물 젖은 맥주의 맛

선배들에게 언어먹은 술의 효험이 신통하여 신입사원이 되었다. 그러나 신입사원은 합격을 통보받은 날만 잔치라는 것을 곧 알게 되었다. 첫 팀에 발령받고는 매일같이 괴로워서 술을 마셨다. 모든 회의가 내 자존감의 장례식이었다. 선배들은 죽이는 카피를 쓰는데 내 카피는 그냥 죽었고, 선배들은 개그맨인데 나 혼자 지망생이었다. 당연할 수밖에 없었던 것이 비유하자면 나는 초등학교 1학년이고 선배들은 중고등학생 대학원생인데 그들처럼 문제를 풀지 못한다고 부들대는 꼴이었다. 건방지게도. 나는 광고 영재를 꿈꿨고 천부적으로 완성된 재능이란 어디에도 존재하지 않는다는 것을 몰랐다. 매일 밤 빈방에 담겨 스스로의 미숙함을 자책하며 연약한 참새처럼 훌쩍훌쩍 울며 소주를 마시곤 했다. 회사가 나 같은 거한테 돈을 왜 주지?

4개월 차쯤 됐을까. 그날도 나는 기억도 나지 않는 좌절감으로 의기소침하여 늘어진 오징어처럼 사무실 의자 위에 널브러져 있었다. 그때 팀의 왕고 카피라이터에게서 메일이 한 통 왔다. 열어 보니 텍스트 파일이 하나 첨부되어 있고 메일 본문에는 이렇게 쓰여 있었다.

제목: OJT를 대신해 보내는 글
보내는 사람: c****ho.lee@****.com
받는 사람: Jiwoo Park

기염을 토해 낸 카피는 구겨지고

영혼을 짜낸 아이디어는 버려질 때

여긴 어딘가

나는 누군가 싶을 때

도움이 되었던 글이야

혼맥 하며 보기 좋은 글

[첨부] 도깨비 카피라이터의 하루.txt (129KB)

첫 번째로 기라성 같은 그에게도 카피가 구겨지고 아이디어가 버려지는 시절이 있었다는 사실에 충격을 받았고, 두 번째로는 그가 나의 지리멸렬한 매일의 좌절에 대해 간파했다는 사실에 심한 부끄러움을 느꼈다. 어쨌거나 그 메일은 나의 사기를 강렬히 고무해 주었다. 집으로 돌아와 선배가 시킨 대로 맥주 한 캔을 까며 텍스트 파일을 열어 보았다. 그것은 어떤 책의 텍스트본이었는데 한 도막 한 도막이 그야말로 술안주였다. 카피라이터의 고뇌에 관한 글. 회의에서 겪는 좌절을 다독이는 글. 나오지 않는 카피의 슬픔에 대한 글.

나는 앉은자리에서 맥주 네 캔을 비우며 그 파일을 처음부터 끝까지 한 번에 읽었다. 어느새 티슈는 바닥이 났다. 맥주 한 모금마다 티슈 한 장마다 깨달았다. 카피라이터가 되면 끝이라고 생각했는데 내가 틀렸다는 것을. 카피라이터는 계속해서 되어 가는 일이라는 사실을. 카피라이터의 일을 그저 멋있다고 생각했지만 괴롭고 외롭기도 한 일임을. 그리고 나만 그런 게 아니라는 것도. 기라성 같은 선배도, 이 책을 쓴 대선배도 아마 나처럼 눈물을 태바가지로 흘렸겠구나(표주박 정도라 해도 뭐, 괜찮다).

텍스트 파일의 정체는 카피라이터 정재명 선생님의 책이었는데 이미 절판된 상태였다. 알고 보니 한숨 나오게 멋진 그 왕고 선배가 나중에 후배에게 물려주려고 일일이 직접 타이핑한 것이었다. 그 귀한 텍본을 노트북 하드디스크에 부적처럼 꿰매 두고 괴로울 때마다 외로운 날마다 이 일이 내게 어울리지 않는다고 생각할 때마다 맥주를 품에 안고 파일 속으로 파고들었다. 그것은 선배가 내게 지어 준 129KB짜리 방공호였다.

헌사 3: 동갑과 동료 사이
나에게는 '공구리'라는 카톡방이 있다. 공구리 치는 인부들의 모임…… 은 아니고 공치는 92년생들이라는 의미다. 92년생 동갑내기 아트디렉터 셋, 카피라이터 둘로 이루어진 이 모임은 약 4년 전 그러니까 우리가 저연차 사원 대리이던 시기, 속된 말로 좆밥 시절이라고 불리던 때에 결성되어 지금까지 이어져 왔다.

우리들은 왜 공을 쳤는가. 그것은 광고회사의 어쩔 수 없는 환경적 특성과 좆밥이라는 처지의 특성이 결합되어 나타나는 증상이다. 이를테면 이런 것이다. 우리 다섯 명이 술을 먹기로 한 날이 6월 15일 목요일이라 치자. 그러면 12일쯤 누군가가 틀림없이 톡방에 이렇게 말한다. [님들아 진짜 미안. 우리 팀 촬영이 15일로 잡힘. 셀럽 스케줄이 그때밖에 안 된대 ㅠㅠ] 그러면 우리는 당연히 괜찮다며 아쉽지만 일단은 그 한 명을 빼고 나머지 넷이서 보기로 한다. 그리고 14일 정도가 되면 또 한 명이 이렇게 말한다. [경쟁PT 결과 나왔는데 2차 재PT를 하라네? 근데 날짜가 19일 월요일이야. ㅅㅂ…] 우리는 '입'다투어 그녀를 위로하며 함께 분개한다. 이쯤 되면 내가 슬그머니 말한다. [술 마실 날은 얼마든지 있으니 우선은 미룰까?] 좋아요+1 좋아요+1 따봉+1 눈물+1. 그리고 약속이었던 당일, 나머지 두 명의 카톡이 올라온다. [야 갑자기 수정 생겨서 폭풍 야근 중 ㅋㅋㅋ 어차피 못 만날 운명이었노] [야 나두 ^^] 우리는 이런 식으로 수십 번의 술자리를 공치고 그럼에도 지치지 않고 다음 약속을 잡았다. 4년간 실행에 옮긴 술자리보다 기획에 그친 술자리가 더 많을 정도다. 다섯 명의 집에 달마다 돌아가면서 놀러 가자 이야기했던 것이 무색하게 재작년 네 번째 멤버의 집에서 논 것이 마지막이었다. 나머지 한 명의 집들이는 그녀가 전세 계약을 연장할 때가 다 돼서야 열릴 지경이다. 이쯤 되면 공치는 정도가 아니라 공을 쳐부숴 박살 내는 수준이다.

그럼에도 나는 가장 힘든 날에도 술이 먹고 싶은 날에

도 이야기가 하고 싶은 날에도 그들이 가장 먼저 생각
난다. 번개를 치면 늦더라도 꼭 와 줄 것임을 안다. 우
리의 약속이 공을 치는 이유가 핑계가 아님을 알기 때
문이다. 각자의 일을 열심히 하느라, 좌절을 넘어서느
라, 책임을 다하느라 그런 것임을 백 번 천 번 알고 있
기 때문이다. 열 번의 바람에 한 번 치고 마는 번개라
도, 그 빛은 눈부시도록 밝을 것을 나는 안다.

절망의 도수

어느 해에는 감기보다 우울에 더 자주 걸렸다. 그리고 비염보다 더 오래 달고 살았다. 바이러스에 감염되면 법적으로 격리를 시키지만 우울에 걸렸다고 해서 나를 격리시킬 수는 없었다. 우울이 병리학적으로 전염될 수 있다는 연구 결과를 아직 내놓지 않은 학자들이 모조리 미웠다.

어쨌든 9시까지는 꼬박꼬박 가야 하는 회사라든지 책임을 저버리지 않기 위해 참석하는 모임 같은 것들이 내 몸에 엉겨 붙은 거미줄처럼 느껴지곤 했다. 때가 되면 밥을 먹는 일, 누군가의 농담에 웃음을 짓는 일 같은 일상적 행동이 손끝에 앉은 거미처럼 소름 돋고 낯설게 느껴졌다. 밤이 되면 누가 봐도 사연 있어 보이는 인스타그램 스토리를 잔뜩 올렸다. 걱정하는 메시지가 오면 누워서 그걸 사탕처럼 까먹다가 잠이 들었다. 일어나면 쓴맛만 입에 남아 있었다. 그해는 그랬다. 대개 과거의 괴로움은 돌이켜 보면 웃을 수 있는 데 비해 그해의 우울은 아무리 되돌아봐도 언제고 마음이 스산해졌다. 당시에 쓴 글들도 이렇게나 어둡다.

　　이렇게 매일매일 조금씩 작아지다 어느 날은 사라질 수도 있지 않을까? 사라지고 싶다.
　　겨울잠이 자고 싶다. 세상은 멈추어 두고 정말 오래 자고 싶다.
　　늪에 가 본 적 없으면서도, 늪에 빠진 기분은 어떻게 아는 걸까요?

나를 아끼는 많은 이들이 마음을 아끼지 않고 걱정해 주었다. 선명하게 기억이 난다. 하루는 선배가 삼계전복죽을 사서 집 앞에 찾아왔다. 어떤 날에는 친구가 치킨을 먹자고 했다. 마른 통닭처럼 기운 없이 대화를 이어 가다 갑자기 엉엉 우는 나에게 친구는 말없이 닭다리를 하나 더 건넸다. 또 어떤 날에는 팀장님이 개인 톡으로 힘든 일이 있으면 '언니'에게 이야기하라고 했다. 언제고 맥주를 사 줄 테니 말만 하라고 했다. 지금은 백 번 이백 번 손을 잡고 절을 하고 싶은 그 고마운 마음들이 그때는 아프게도 버거웠다. 우울을 앓는 사람의 마음은 그런 것이다. 못난 나를 빤히 들여다보지 않았으면 하는 마음. 그냥 나를 내버려 뒀으면 하는 마음. 어느 날엔 또 슬며시 다가와 오늘 기분은 어떤지 묻는 같은 팀 친구에게 내가 없는 사람이라고 생각하고 그냥 신경을 쓰지 말라고 싸가지 없게도 대답했다. 그랬더니 그는 의자를 끌어와 앉으며 이렇게 말했다. "내가 봤을 때 니 안에는 깊은 우물이 있는 거 같애. 그 우물이 지금 고여서 썩어 가고 있는 거지. 근데 뚜껑을 안 닫아서 냄새가 존나 나. 그런데 어떻게 신경을 안 쓰노? 웃기는 소리 하지 말고 니 스스로나 우리를 위해서 나아질 생각이나 해라." 듣고 보니 처음부터 끝까지 틀린 소리가 단 한 음절도 없었다. 나는 머쓱하고 겸연

쩍었다. 그 친구는 그렇게 명민하고 통찰력 있는 구석이 있었다.

우울을 벗어 버리기 위해 이런저런 방법을 찾아보았다. 상담을 받자니 돈이 아까웠고 다음번이 무서웠다. 뿌리를 뽑고 싶어도 우울의 이유들이 너무 가느다랗고 사소한 수천만 갈래로 얽히고설켜 있어서 도무지 뽑아낼 수가 없었다. 검색 엔진에 물어보았다. 우울증 자가치료 방법, 엔터. '충분한 숙면을 취하세요' 음. 오래 자고 일어나니 내가 한층 더 무기력한 버러지같이 느껴지는군. '꾸준히 운동을 하세요' 몸 쓰는 일에는 젬병인데 이거 말곤 없을까. '가족과 친구의 도움을 받아 보세요' 가족도 원인 중 하나인데 무슨?

엉망진창이군. 애주가로서 부끄럽지만 그 당시 나는 우울을 회피하려고 술을 마셨다. 매일 퇴근 후 빈집에 찬밥처럼 덩그러니 담겨 있기가 무서워 신촌과 연남동의 술집 곳곳을 전전했다. 맥주보단 소주를 마셨고 소주가 서글프면 독한 칵테일을 마셨다. 드라이 마티니나 롱 아일랜드 아이스 티 같은. 세 잔 정도 마시고 나면 머리 속에 안개가 낀 것처럼 자욱해지며 작고 괴로운 생각들이 잊혔다. 그 사이로도 또 악취를 풍기는 생각이 비져나오면 가려질 때까지 뻐끔뻐끔 담배를 피웠다. 틈 없이 연기가 피어오르라고(라는 발상은 정말이지 사춘기 특유의 감성이 아닐 수 없다).

그렇게 새벽 한두 시까지 혼자 길거리를 쏘다니곤 침대에 털썩 쓰러져 잠을 잔 후 다음 날 무거운 몸을 이끌고 출근하곤 했다. 아, 혼자 독한 술을 마시고 줄담배를 피는 새벽의 우울한 20대 사회초년생. 30대의 나는 그 시절을 통째로 녹화한 비디오테이프를 혼자 찔끔찔끔 울면서 팝콘을 먹으며 돌려 보고 싶다.

그 우울은 참 오래갔다. 기실 따지고 보면 가을 겨울 불과 네 달 정도였던 것 같은데 밀도가 워낙 높았었는지 체감상 1년은 된 것처럼 느껴졌다. 빠져나올 수 있을까 싶을 정도로 깊었다. 그런데 어떻게 벗어났냐고? 글쎄, 방법은 없다. 계기도 없다. 단지 더 이상 가라앉을 수 없을 정도로 절망의 바닥까지 다다랐을 때 직감했던 것 같다. 아, 더 내려갈 곳이 없구나. 차라리 다행이다. 이제는 허우적대도 올라갈 일만 남은 거구나. 바닥을 치던 그 시기에 나는 일상의 거미줄을 끊어 내고 휴가를 써서 삿포로에 갔다.

절망적으로 눈이 많이 온다는 게 어떤 느낌인지 감이 오니?
그건 이 눈 앞에선 아무것도 의미가 없어지는 것만 같은 느낌이야. 일상의 소소한 기쁨도, 성공하고 싶다는 야망도, 아랫배가 묵직하게 아플 만큼의 사랑도, 사람을 좋아하는 마음, 배고픔, 취기, 온도를 가진 모든 것들이 너절해지고야 마는 느낌이지. 거대한 순수가 아무런 목적도 없이 떨어져 내려와 모든 것을 뒤덮고 있어. 인간의 하찮은 열기 따위 자신을 녹일 수 없다는 듯이. 맞아, 나는 지금 삿포로에 있어.

절망이라고 이름 붙여서 나를 걱정할지도 모르겠구나. 그렇잖아, 약을 끊은 지 아직 얼마 안 됐으니까 말이야. 잠깐 외출할 때조차 없으면 불안해서 가방에 꼭 넣어 두었던 작은 하얀 통. 이번에 떠나올 때는 집에 떼어 두고 왔어. 왠지 그냥 그래도 될 것 같았거든. 구글어스로 삿포로를 본 적이 있니? 커다란 하얀 통 같단다. 이 도시가 나의 약통이 되어 줄 거야,라고 생각했는지도 몰라.

하여튼 절망. 변태 같겠지만 절망이 나는 좋아졌어. 끊을 절絶에 바랄 망望이거든. 이제 더 바라는 게 없는 거지. 나는 지금 작고 깨끗한 이자카야에 앉아 창밖의 눈을 세 시간째 보고 있어. 입간판의 영업중 세 글자 중에 '중'이 서서히 가려지고, 그다음은 '업'이 또 반쯤 뒤덮이려는 순간…… 온몸을 패딩으로 중무장한 애인들이 그 눈을 가져다가 또 눈사람을 만들자 다행히 다시 영업중이 됐어. 지금 이 순간에 내가 바라는 건 하나밖에 없어. 맥주와 담배가 끊이지 않는 것. 술집은 앞으로 일곱 시간을 더 영업할 테고, 내게는 현금 삼만칠천 엔과 신용카드가 있고, 주머니엔 뜯지 않은 담배가 두 갑 있으니 다 이루었지. 아, 절망스럽게 행복하다.

너도 이 압도적인 눈을 만나면 틀림없이 좋아할 텐데.

할 수만 있다면 이 도시 전체를 거대한 아이스박스에 담아다가 네게 가져다주고 싶구나. 하릴없이 설국의 밤을 동여매어 오늘의 네게 부친다. 약한 나의 부끄러운 절망까지 틀림없이 사랑해 줄 너에게.

삿포로에서는 친구에게 이런 편지를 썼다. 끊을 절에 바랄 망. 바람을 끊는다는 것이 자포자기가 아니라 치료가 될 수 있다는 것을 그 순수의 도시에서 나는 깨달았다. 그해 2월 이후 나는 도피처로 삼던 것들을 차츰 끊어 보았다. 머리가 어지러워질 때까지 마시던 독한 술이나 괴로운 마음을 더 단단하게 만들어 주었던 괴로운 글들. 그것들을 부스터 삼아 어쩌면 스스로 우울을 부추기고 있었는지도 모르겠다는 생각이 들었다. 내가 좋아하는 술은 더 이상 나를 좋아하지 않았다. 그래서 나는 한 달간 금주를 했다. 아마 이십 대 들어 처음으로. 절망에 들이붓던 술의 도수를 0으로 만들자 놀랍게도 절망의 도수 또한 0으로 수렴하는 듯했다. 절망의 도수. 그해 이후로 나는 우울할 때 술을 마시지 않으려고 (노력)한다. 내가 사랑하는 술을 나의 독으로 전락시킬 수는 없으니까.

여보세요, 여기 신촌지구대인데요

그날도 어김없이 연남동의 단골 이자카야에서 우수에 젖어 사케를 마시고 있었다. 가을날의 금요일 저녁이었다. 누군들 안 그렇겠냐마는 나는 가을이 되면 유난히 외로웠다. 작은 이자카야의 기다란 바에는 오직 나만이 혼자였다. 왼쪽에는 기념일을 맞은 커플, 오른쪽에는 오랜만에 만난 동창으로 보이는 남자 셋. 좌우로 쉴 새 없이 이어지는 달콤하고 유쾌한 말소리 사이로 과묵한 마스터는 이따금 말을 건네 왔다. "음식은 입에 맞으세요?" 흥. 웃기는 소리. 혼자 뻘쭘해 보였나 보지? 그런 말마저 동정으로 꼬아 듣는 비뚤어진 마음을 한 채 인스타그램을 열었다. 인스타그램 속 사람들도 온통 행복해 보이는군. 찬웃음을 지은 채 나는 사케를 찍어 스토리에 올렸다. '잔은 넘치는데 마음은 가라앉네.' (이 스토리를 글자 그대로 옮기는 지금 나는 민망함에 키보드를 쾅쾅 치고 있다. 시조야 뭐야?)

그러고는 술기운을 빌려 보고 싶은 누군가에게 DM을 보냈다. 당시 나의 팀장님인 K였다. 힘든 일이 있으면 언제든 '언니'한테 이야기하라고 말했던 그 사람. [팀장니임] 9분 후. 단 여덟 글자로 된 답장이 왔다. [우리 지우 술 마시니] 자기가 무슨 단 여섯 단어로 눈물을 흘리게 하는 소설(For sale: Baby shoes. Never worn.)을 쓴 헤밍웨이라도 된 듯 그녀는 그 여덟 글자로 나를 이자카야에 혼자 앉아서 우는 사연 있는 여자로 만들었다. 사케처럼 넘쳐흐르는 눈물을 닦을 생각도 하지 않고 나는 답장을 보냈다. [사는 건 왜 이렇게 요지경일까요] 읽음. 입력 중… 팀장님이 무슨 랜덤채팅의 그녀도 아니고 나는 금요일 밤 9시 반에 팀장님과의 채팅을 붙잡고 답장을 기다렸다. 그렇게 대화를 주고받다가 나는 참지 못하고 전화를 걸었다. 금요일 밤 10시에.

—탬잔넴. 어디예요.
—집이지. 너는?
—팀잔님 집! 망원동이죠. 저는 연남동인데. 헤헤. 가깝네! 저 지굼 가도 돼여?
—지금??? 온다고???
—잠깐만 얘기해요 잠깐만. 저 힘드렁요. (훌쩍훌쩍)
—그래. 내가 가게 주소 찍어 줄게. 그리로 와. 15분 후에 나가면 되지?
—네. 저 지금 택시 잡아써여.

15분 후. 팀장님이 불러 준 가게는 한강공원 바로 옆에 있는, 분위기가 기가 막힌 어느 야장 포차였다.

—팀장님. 오, 진짜 왔넹!
—너 어디서 이렇게 많이 마신 거야.
—후훗. 사케 한 병밖에 안 마셨는데여.
—더 마실 수 있겠어? 뭐 마실래.
—소주. 두꺼비 그려진 그거 마실래여.

140

(필름 암전)

—제가…… 제가 너무 바보 같응 거예요……

(필름 더 길게 암전)

—김밍철. 너. (삿대질하며) 좋은 사람.

(필름 암전)

—안 갈래 안 갈래…… 더 있을래여……

—빨리 타고 가! (닫히는 택시 문)

(필름 out)

다음 날 아침 10시 반쯤 되었을까. 으스러질 것 같은 몸 위에 햇살이 소금처럼 따갑게 뿌려지는 것을 느끼며 나는 눈을 떴다. 우리 집 현관이었고, 나는 워커를 벗지 않은 채로 붉은 소화기를 껴안고 누워 자고 있었다. 차가운 돌바닥에 볼을 대고 잤는데도 입이 돌아가지 않은 것이 천만다행이었다. 핸드폰이 꺼져 있는 것이 영 불길했다. 서둘러 충전기를 꽂고 전원이 켜지자마자 통화 목록을 확인했다.

[발신: 팀장님 / 오전 1시 40분]

[발신: 팀장님 / 오전 2시 13분]

[수신: 팀장님 / 오전 2시 35분]

[발신: 팀장님 / 오전 2시 57분]

[수신: 팀장님 / 오전 3시 21분]

숙취인지 경악인지 분간이 안 되는 토할 것 같은 마음으로 메시지 목록도 확인했다.

> [(치킨 사 줬던 그) 친구: 야 일어나면 전화해래이 / 오전 3시 10분]
> [팀장님: 박지우 너는 크게 혼나야 해 / 오전 10시 5분]

도대체 무슨 일이 일어난 걸까. 설명해 줄 사람이 팀장님 말곤 없으므로 나는 어쩔 수 없이 그녀에게 또 전화를 했다. 사건의 경위는 이러했다.

소주 두 병을 내리 마시고선 밤 12시 반쯤 인사불성이 된 나를 팀장님은 택시를 태워 보냈다. 집에 들어가기 싫었던 것인지(기억이 없어 추측만 할 뿐이다) 나는 집 앞 돌계단에 앉아 있다가 그대로 누워 잠이 들었다(고 추정된다). 일교차가 커서 꽤나 추운 가을밤이었다. 지나가던 두 여성 행인이 나를 발견하고는 이대로 두면 얼어 죽거나 위험한 일을 당할지도 모른다고 생각하고 감사하게도 근처 신촌지구대에 전화를 해 나를 안전한 곳으로 이송시켜 주었다(아직도 신원을 모르는 두 분에게 이 지면을 통해 진심 어린 감사를 전합니다).

그리하여 새벽 1시 반, 신촌지구대. 내 지문으로 핸드폰을 열어 본 경찰관님이 마지막 통화 상대가 '팀장님'인 것을 알아냈고, 나의 행적과 주소를 파악하기 위해 그 번호로 전화를 한 것이었다. 처음에 팀장님은 내가 취해서 전화를 한 줄 알고 받지 않았다고 했다. 하지만 30분 뒤에 또 전화가 오기에 뭔가 이상해서 받았다고. 여보세요, 여기 신촌지구대인데요, 하는 음성을 들었을 때 팀장님은 얼마나 놀랐을까?

그러나 팀장님은 나의 집 주소까지는 알지 못했다. 그녀는 잠시 고민하다 최근 같은 팀 친구가 지우의 집에 놀러 갔던 것을 재빨리 기억해 냈다. 그래서 새벽 2시에 팀원에게 전화를 걸었다. "세진아. 새벽에 미안. 놀랐지. 놀라지 말고 들어. 지우가. 지우가……" 내 오랜 친구이자 팀원 세진은 비몽사몽간에 아, 지우가 죽었나 보다, 생각했다고 한다. "세진아. 지우가. 경찰서에 있단다. 주소를 알아야 하는데……" 이게 무슨 귀신 씻나락 까먹는 소리지? 잠이 홀딱 달아난 내 친구는 대답했다.

—어쩌죠. 저도 지우 주소 모르겠어요.
—아니야. 넌 알아. 최근에 걔네 집 갔지. 지우랑 주고
 받은 메시지 봐 봐.

떠지지도 않는 눈을 비비며 나와의 카톡을 뒤져 봤지만 주소는 없었고, 아차! 같이 간 다른 선배의 메시지로 주소를 받은 것을 기억해 냈다. 그 길로 그 선배에게도 전화를 걸었고……
그렇게 몇몇 다리를 건너 연락이 오간 뒤 경찰서에 내

주소가 전해졌다. 새벽 3시 반경 팀장님과 경찰관님의
마지막 통화 내용은 이러했다고 한다.

─고생 많으셨습니다. 주소를 알았으니 지우는 이제 집
 에 갈 수 있나요?
─아뇨, 지금 당장은 어려울 것 같은데요.
─무슨 일이 있나요?
─지금 서 내 화장실에서 토하는 중이라서요.
─아, 네.

경위를 소상히 브리핑받은 뒤 견딜 수 없이 부끄러워진
나는 주말 내내 여러 가지 시나리오를 상상했다. 앞으
로 팀장님의 얼굴을 볼 수 있을 리 없으므로 팀을 옮겨
달라고 이야기할까? 하지만 그 이유를 회사에 뭐라고
설명한담? 팀 이동 신청서. 이유: 소주를 마시고 경찰
서에 간 불상사 때문에. 아, 이건 아니야. 평소에는 짐
짓 프로페셔널한 척 성실한 척 다 해 놓고 이런 사고를
친 나를 팀원들은 뭐라고 생각할까? 월요일에 휴가를
낼까? 무엇보다 내가 존경하는 팀장님이 내게 실망했
을 게 너무 괴로워…… 그러나 월요일에 고개를 푹 숙
이고 출근하는 나를 기다리는 건 어마어마한 박장대소
뿐이었다. 불행인지 다행인지 그 일이 그들에게는 두고
두고 웃을 수 있는 놀림거리 정도였던 것 같다.
그날 이후로 대략 2년을 꾸준히 놀림받았다. 춥다고

하면 경찰서에 가서 자라는 둥 쿠션을 산다고 하면 소화기가 있는데 왜 또 사느냐는 둥. 팀장님과 친구는 언젠가 내가 출세하게 되면 경찰서 에피소드를 만천하에 폭로해 나를 타격하겠다고 협박했다. 그들의 입으로 밝혀지기 전에 내가 먼저 공개하는 것이 차라리 나을 것 같아서 그날의 일을 처음부터 끝까지 거짓 없이 적어본다.

나는 언젠가 나에게도 술 마시고 경찰서에 가서 연락이 오는 후배가 생기기를 소망한다. 그래야 나의 과오 위에 새로운 과오를 퇴적할 수 있을 테니까. 그래야 나의 해프닝이 유일무이한 비석이 아닌 다음 해프닝을 위한 반석이 될 수 있을 테니까. 거창해 보이지만 그냥 혼자 이런 에피소드를 가진 게 쪽팔린다는 말이다. 어디선가 자라고 있을 이름 모를 후배야, 꼭 경찰서에서 연락 주렴.

술 좋아하는 나의 팀장님

의도적으로 수식을 모호하게 썼다. '술을 좋아하는 나'의 팀장님, 술을 좋아하는 '나의 팀장님' 둘 다 맞는 말이기 때문이다. 카피라이터는 팩트에 한 치도 어긋남이 없는 카피를 써야 한다. 한편 때로는 다양한 의미를 담아낸 카피도 써낼 줄 알아야 한다. 그러니까 이 글의 제목은 그럭저럭 잘 쓴 카피라고 할 수 있다……

회사에서 만난 세 번째 팀장인 나의 현 팀장님은 21년 차 광고인이자 9년 차 CD(Creative Director)로서 굵직하고 유명한 광고 캠페인에도 많이 참여한 분이다. 그런 그가 이력만큼이나 둘째가라면 서러운 분야가 있으니 다름 아닌 술이다. 우리 회사에서는 "서민…"까지만 말을 해도 어디선가 자동으로 소주 냄새가 풍겨 오는 듯하고 오후 6시가 지나면 신사동 가로수길의 어느 술집에서든 그를 조우할 수 있다는 게 공공연한 상식이다.

오죽하면 이런 일도 있었다. 한 소주 브랜드를 클라이언트로 담당할 제작팀을 구해야 하는 상황이었는데 담당 기획 팀장님이 적임자로 우리 CD님을 1번으로 떠올린 것이다. 그는 곧장 메일을 썼다. 누구보다도 소주에 조예가 깊으시고, 브랜드에 대한 애정이 순식간에 깊어질 것이라 확신해 마지않는, 서○석 CD님에게. 머지않아 우리 팀이 그 소주 브랜드를 맡게 되었는데 제품 광고를 하려면 제품을 분석하는 것이 당연한 선행 업무인지라 며칠 후 우리 팀에는 소주가 몇 박스나 배

147

달이 왔다. 첫눈을 만난 아이처럼 감복하는 팀장님의 얼굴을 보며 다른 팀이 이 브랜드를 맡았다면 우리 모두 얼마나 애석(슬플 애, 민석 석 자를 써서)했을까를 생각했다.

팀장님을 처음 알게 된 것은 지금으로부터 한참 전, 내가 아직 대학생이던 시절이었다. 대학생 광고 교육 프로그램(aka 주니어보드)의 내 담당 멘토이던 그는 처음 점심 식사를 하던 날 어려워서 쭈뼛쭈뼛 굳어 있는 멘티에게 이렇게 말했다. "날도 좋은데 탕수육에 소주나 마시러 갈까? 멘토링은 겸사겸사 조금만 하고." 그렇게 점심부터 소주를 두 병이나 마신 나는 해롱해롱 취한 채로 오후 교육에 들어갔는데, 지우 상태가 왜 저러냐는 다른 멘토 선생님의 질문에 친구들이 "민석 CD님이랑 점심 먹었대요" 했더니 더 묻지도 않고 "응 그래, 그랬겠구나" 했다는 대답은 지금 생각해도 웃기는 것이다.

그리고 세월이 흘러 흘러 7년 만에 우리는 한 팀의 팀장과 팀원으로 다시 만나게 되었다. 그는 여전히 소주를 사랑하는 선배님이었고 나는 보다시피 이런 책을 쓸 만큼 술에 진심인 후배였다. 우리는 의기투합하여 즐거운 회식생활, 아니 회사생활을 함께했다. 우리는 먹이를 찾아다니는 하이에나처럼 틈나면 마실 기회를 노리는 두 마리의 술냥꾼과도 같았다.

―팀장님, 이번 프로젝트도 잘 마무리되어 가는데 기획팀이랑 회식 한번 해야 하지 않을까요?

―지우 차장, 늘 좋은 제안을 하는군.

―하하. 다 잘 지도해 주신 덕분이죠.

―하하. 자네도 참.

―지우 차장, 그 클라이언트 제안일이 이번 주 목요일이라고?

―넵. 날짜만 우선 픽스된 상태예요.

―어떻게, 시간은……

―4시로 요청해 놨습니다. 5시 반쯤 끝날 테니 그 근처에서……

―그럴 줄 알고 장소는 내가 미리 몇 군데 알아봐 놨지.

―이거 참, 여전히 빠르시네요.

이렇게 손발이 잘 맞는 탓에 근 2년간 함께 일하면서 온에어 시킨 광고만큼이나 술도 많이 마셨다. 어느 날에는 오후를 자체적으로 오프하고 팀이 다 같이 계곡의 백숙집으로 출장을 갔다. 1시부터 6시까지 아트디렉터는 백숙디렉터로, 카피라이터는 파전라이터로, 크리에이티브디렉터는 소맥디렉터로 잠시 직무를 바꾸어 최선을 다해서 일했다. 또 어떤 날에는 치킨 광고가 온에어 된 기념으로 점심시간에 근처 매장에 가서 광고 속 신메뉴를 나눠 먹었다. 치킨만 먹는 건 치킨에 대한 예의가 아니므로 우리는 예의 바르게 맥주도 수십 잔을 올려바쳤다. 치킨값보다 맥줏값이 더 많이 나오는 사태가 벌어졌다.

그런가 하면 어느 추운 겨울에는 이틀 연속 촬영이 있었다. 첫날 촬영이 새벽 1시에 끝났는데 둘째 날 집합 시간이 새벽 6시였다. 극한의 스케줄인지라 촬영장 근처 호텔에 숙소가 마련되어 있었고, 바로 들어가서 잠을 청해도 4시간 남짓밖에 잘 수 없는 상황이었다. 그러나 팀장님과 나, 기획팀은 그 와중에도 술을 마시기로 중지를 모았다. 딱 1시간만 마시고 들어가자고. 왜 그렇게까지 해야 하냐고? 촬영의 결과물이 너무 멋있었기 때문이었다. 아이디어부터 제안, 감독님과의 협업까지 너무 많이 고생해서 여기까지 왔기 때문이었다. 낮부터 새벽까지 강추위에 너무도 오들오들 떨면서 촬영했기 때문이었다. 촬영장이 하필이면 인천 바닷가 근처 주점가라서 24시 영업하는 횟집이 있었기 때문이었다. 이 모든 이유를 뒤로하고 그냥 들어가기엔 그 밤이 너무 아까웠다. 그렇게 우리는 새벽 3시가 되도록 매운탕까지 깔끔하게 비우고 들어가 좀비처럼 잠을 잤다. 계획했던 1시간을 넘겨 버린 건 모두가 짐작했을 결과였다. 새벽 5시 반에 끔찍한 피곤을 느끼며 촬영장으로 향하면서도 우리 중 누구도 단 한 방울의 후회도 하지 않았다. 자고로 의젓한 술꾼이란 자신이 마신 술을 배신하지 않는 법이니까.

(음주가무)

그렇다고 우리 팀이 하라는 일은 안 하고 술 퍼마실 생각만 하는 망나니들은 아니다. 놀랍게도 술 퍼마실 생각이 우리를 더 열심히 일하게 만든다. 술 생각과 일 생각이 반비례할 것이라는 편견은 마치 학생이 연애를 하면 성적이 떨어질 것이라는 가정만큼이나 허술한 지레짐작인 것이다. 구체적으로 말하자면 다음과 같은 메커니즘이다.

우리 팀에는 이런 암묵적 합의가 흐르고 있다. 5시 이후에는 웬만하면 회의를 잡지 않는다. 그 이유는 자명하다. 술집이 보통 6시부터 열기 때문이다. 6시 이후의 저녁 시간에는 술을 마셔야 한다. 술을 마실 수 있는 시간에 남아서 일을 하는 것은 술인간을 슬프게 한다. 그러지 않기 위해서는 6시 이전까지의 시간을 밀도 높게 써야 한다. 보다 느슨하게 준비하면 여유로울 일들을 1.5배가량 빠르게 처리해야 한다. 쉬고, 딴짓을 하고, 낮잠을 잘 수도 있는 시간을 온 신경을 곤두세운 채로 치열하게 보낸다. 하루 이틀이라도 미루고 싶은 마음이 굴뚝같은 회의들을 그냥 오늘 해 버리는 데 다들 동의한다. 늦잠을 자고 싶은 아침에도 잠 귀신의 따귀를 때려 부득불 일어나 이른 출근을 한다. 연락할 사람에게 연락을 잊지는 않았는지, 보낼 파일을 모두 제때 보냈는지 끊임없이 상기해야 한다. 그렇게 하지 않으면 저녁은 없다. 이 무서운 긴장감이 모두를 각자의 자리에서 빈틈없이 움직이게 한다.

나의 팀장님은 이렇게 일하는 근육을 팀장님의 팀장님으로부터 배우고 길렀다. 그 팀장님과 함께 일했던 사람들이 다음 세대의 팀장님들이 되어 각자의 팀에 전수하고 있는 것이다. 그 팀장님들이 모두 술을 사랑해서 그러는 건 물론 아니다. 누군가는 술 대신 집에서 가족과 보내는 시간을, 저녁에 보는 공연을, 회사가 아닌 바깥의 또 다른 인생을 사랑해서일 것이다. 그곳으로 최대한 빠르게 달려가기 위해 회사에 있는 동안 선수의 근육으로 달리는 것이다. 무언가를 사랑하는 마음이 인간을 이토록 초인적으로 움직이게 할 수 있다는 것을 나는 기이하게도 회사생활에서 배웠다.

물론 모두가 실제로 초인간은 아니기에 언제든 갑작스런 변수가 생길 수 있다. 야근을 하는 날도, 술자리가 파투 나는 날도 당연히 있다. 애인과의 약속을 미뤄야 하는 때도, 손꼽아 기다리던 공연을 울먹이는 마음으로 취소하는 경우도 생긴다. 중요한 건 그런 불상사를 최소화하는 것이다. 적어도 최소화하기 위해 최선을 다하는 것이다. 더 나아가 가장 이상적인 시나리오는 우리와 함께 일하는 기획팀, 외부 프로덕션, 감독님, PD님을 비롯해 편집실, 녹음실의 수많은 스태프에게도 우리가 뜻밖의 불상사가 되지 않게 하는 것이다. 그들에게도 그들만의 저녁이 있을 테니까. 그들에게도 각자 사랑하는 대상이 있을 테니까. 일 말고 다른 무엇이.

아직은 손에 잡히지 않는 미래지만 나는 이 업이 모두가 자신의 사랑을 지키며 영위할 수 있는 업이 되기를 꿈꾼다. 나의 팀장님이, 그리고 내가 술에 대한 사랑을 다하려고 노력하는 것처럼.

Z세대 술렁각시들

그런 관계가 있다. 피 한 방울 섞이지 않았지만 누구보다 선명한 붉은 실로 이어진 관계. 나이를 서른이나 먹고도 '우리 애들'이라며 유치하게 자랑하고 싶은 관계. 조폭 영화의 클리셰 같은 형제간 의리를 이해하게 하고, 생활 속 단단한 규칙들을 자꾸만 깨부수게 만드는 관계. 2년 전 어느 날 내 인생에 다섯 명의 여자가 들어왔다.

이 무슨 하렘물적 도입부인가 싶겠지만 이어질 내용들은 더 세다. 그녀들의 평균 생년은 98.2년, 평균 나이 23살. 그녀들과 나의 관계는 제자와 선생님. 대학생과 차장님. 매주 금요일마다 함께 자는 사이…… 112를 누르려는 당신의 손이 보인다. 미안하다. 어그로 끌었다. 이 희한한 관계의 시작은 회사에서 주관하는 대학생 멘토링 프로그램(이하 주니어보드)이었다.

때는 2021년 6월, 녹은 아이스크림처럼 쩍쩍 달라붙는 티셔츠를 펄럭펄럭 털며 주니어보드 강의를 하러 들어갔다. 무료했고 귀찮았고 피곤했고 졸렸다. 직장인의 만성 기분 4종 세트를 행사 사은품처럼 하나라도 놓칠세라 양팔에 꼭 낀 채 강의실 문을 열었다. 방금 태어난 참새 같은 여자애들이 까르르대며 우르르 달려왔다.

T: 밀루 선생님! 뵙기를 고대하고 있었어요!

　(밀루는 내 SNS 계정인 'homillu'에서 따온 말로, 나의 온라인

닉네임이기도 하다)

K: 실제로 보니까 신기해요! 연예인 보는 거 같아요!

E: 야. 넌 순서를 지켜. 내가 더 오래 팔로우했어. 밀루
님, 저는 경력사원이에요. 얘는 신입이고요.

J: 저기…… 소보로빵 드실래요? 대전에서 사 왔어요.

L: 많이 더우시죠? 여기 음료수 좀 드시와요.

이토록 극진한 환대라니. 이토록 다양한 호들갑이라니.
백만 팔로워를 지닌 셀럽이 된 것만 같은 융숭한 대접
에 나는 잠시 정신이 아득해졌다. 그들은 주니어보드
내에서 카피라이터 직군에 속한 학생들이었다. 그네들
의 눈에 나는 잭과 콩나무의 아름드리나무처럼 거대한
선배로 보였으며(겨우 6년 차 대리였음에도) 나의 인스타그
램 게시물 하나하나가 호기심 어린 탐구의 대상인 것
이었다.

두 시간 남짓한 강의 내내 카피 친구들은 부라림에 가
까운 눈빛을 발사하며 별것 아닌 내용을 받아 적기도
하고(정말 별것 아니었다. 아이디어가 안 나오면 회사에서 아직도
가끔 찔찔 운다든지…) 자기들끼리 속닥대기도 하고(하지만
다 들렸다. "개멋있누!") 여하튼 잊지 못할 강렬한 인상을
심어 주었다.

명작의 반열에 오른 우리 회사 광고 중에 이런 카피가
있다. "그녀의 자전거가 내 가슴속으로 들어왔다" 30년

도 더 된 카피가 여전히 공감이 되고 써먹고 싶은 걸 보면 명카피임이 틀림없다. 2021년 6월, 그녀들의 튀김소보로가 내 가슴속으로 들어왔다. 대전 출신 막냉이가 소중히 싸 준 소보로빵을 냉장고에 넣어 두고 하나씩 아껴 먹으며 며칠 내내 다섯 여자를 떠올렸다. 그 생명력, 그 거침없는 눈빛, 그 무대뽀. 한 번 보고 말기엔 아쉬운 친구들이라고 생각하며 먼저 밥을 사 준다고 해 볼까, 혹시 원치 않으면 어떡하지, 너무 꼰대 같나, 고민하던 순간 톡 알림이 와르르 울렸다.

까톡! 까톡!
　[밀루님, 안녕하세요! 전화번호 주셔서 저희가 톡 추가했어요!]
까톡! 까톡! 까톡까톡까톡까톡까톡!
　[저희와 저녁 식사를]
　[허해 주신다면]
　[한달음에 달려가겠사옵니다]
　[날짜는 언제가 편하실까용가리?]
　[저희는 뭐든 다 잘 먹어요!]

그렇게 술 약속이 성사되었다. 에헴, 카피 선배로서 좋은 이야기를 많이 들려줘야지. 나를 더 존경하게 되면 어떡하지? 생각하며 나간 술자리에서 의외의 전개를 맞닥뜨렸다. 그녀들은 생각보다 발칙했으며 알고 보니

위아래가 없는 스타일이었다. 서로를 점차 알게 되면서 나의 연약함을 눈치챈 그들은 나를 놀리기 시작했다.

E: 아니 밀루님. 그 말투는 뭐예요? 요즘 젠지는 그런 말 안 쓴다고요. 따라 해 보세요. 박박. 나나. 짜짜.
T: 밀.루.넴! 알고 보니까 완전 아방수시네?
J: 지금 쑥스러워하시는 거 사실 콘셉트죠?

나는 또다시 정신이 아득해졌다. 처음의 공경과 우러러봄은 어디로 행방불명되었단 말인가. 그러나 그들이 간파한 대로 나는 아방수가 맞았나 보다. 그들의 천대 속에서 나는 이유 모를 즐거움과 편안함을 느끼고 있었다. 나를 이렇게 대한 여자는 너희가 처음이야. 나를…… 더…… 더 놀려 줘! 더 막 대해 줘! 그렇게 '젠지 여자 다섯에게 애정 어린 놀림을 받는 삼십 대 여자 하나'라는 이상하고 변태스러운 타이틀을 가진 관계의 서막이 올랐다.

코로나 시대의 한가운데를 지나는 때였기에 여섯 명이 모일 수 있는 밥집도, 밤늦게 술을 마실 수 있는 술집도 없었다. 갈 만한 곳은 널찍한 집에 혼자 사는 삼십 대 직장인의 오피스텔뿐이었다. 그리하여 주니어보드 강의가 있는 금요일마다 우리 집을 아지트 삼아 모이곤 했는데, 조를 나누어 세 명은 1층에 있는 마트에서 맥주 피처며 소주를 잔뜩 사 오고 다른 세 명은 족발과

아구찜 같은 걸 포장해 와서 술판을 벌였다. 소박한 2인용 코타츠에 여섯이 다닥다닥 둘러앉아 밤이 새도록 오만 가지 이야기를 했다.

어떤 날은 서로가 쓴 글을 돌아가며 나눠 읽었다. 책속 짧은 구절로 3시간을 이야기한 날도 있었다. 어느 밤에는 누군가가 전 애인을 만났다는 이야기에 광분하며 열을 올렸고, 하루는 내가 이러저러한 일들 때문에 힘이 든다고 이야기하자 나머지 다섯이 듣도 보도 못한 걸쭉한 욕으로 나의 스트레스를 시원하게 씻겨 냈다. 술잔이 끝도 없이 비워지고 새벽 2시쯤 시킨 감자탕 국물이 바닥을 보일 때쯤 쓰러져 잠이 들었다. 그와중에도 집주인은 평소에 침대에서 매일 주무시니 오늘은 양보하라며 서로 앞다투어 침대로 달려갔다. 정말 못 말리는 젠지들 같으니라고.

그런 날들이 두어 달 반복되다가 급기야는 우리 집 비밀번호를 알아 가서는 내가 회사에 있는 낮 시간 동안 집에서 기다리곤 했다. 일을 하고 있으면 오후 서너 시쯤 톡이 울렸다.

[밀루님 오늘 퇴근은 몇 시쯤이세요?]
[저희가 장 봐다가 밀푀유나베 준비하고 있어요]
[밀루님이 좋아하는 카스 캔맥주도 식스팩으로 시원하게 넣어 놨음요. 음하하]
[근데 올 때 국간장 좀 사 와 주세요. 간장 없는 집;;; 실

화임?]

술상을 차려 놓는 우렁각시들. 이름하여 술렁각시들.
나는 주변 동료들에게 실컷 자랑을 했다. "우리 애들이
우리 집에서 지금 저 먹이려고 요리를 하고 있대요."
신혼생활을 하는 기분이 이런 걸까, 나는 어렴풋이 짐
작했다. 자취 12년 차에 처음 느껴 보는 안정감이었
다. 신기했다. 연애를 할 때에도 느껴 본 적 없는, 특이
할 만치 커다랗고 편안한 형태의 기분. 나는 이 생활을
이렇게 규정하기로 했다. 마음과 취향이 맞는 n명의 남
과의 공동체적 삶. 마치 미드 〈프렌즈〉에 나오는 것 같
은 그런 판타지스러운 생활이랄까. 성격이 다 제각각이
어서 가끔 싸울 때도 있지만 결국 여섯 명이 함께 살기
에 가능한 다이내믹한 풍경들. 좋아하는 음식을 나눠
먹고, 영화를 함께 보고, 안 입는 옷을 나누고, 하루의
이야기를 들어 주고, 누군가 아플 때 서로 간호해 주는
그런 일상 말이다. 따로 있을 땐 단단한, 같이 있을 땐
든든한, 그런 삶.

그로부터 2년이 지난 지금 우리들은 잠시 각자의 삶
에 집중하는 시기를 보내고 있다. 나를 제외한 나머지
다섯이 이십 대 중반을 치열하게 통과하고 있기에 불
가피하다. '취업 준비' '사회초년생' 같은 고약한 의례
를 거치는 동안 주말 드라마 〈여자 여섯〉은 휴식기를

선언했다. 금요일 밤마다 텅 빈 집을 보며 나는 이곳이 바글바글하던 2021년을 떠올린다. 질금질금 울면서 다큐멘터리를 보고 함께 아이스크림을 퍼먹다 낮잠을 자던, 영원할 것 같던 주말을 기억한다. 내년이든 내후년이든 다음 시즌이 시작될 거라고 믿는다. 드라마의 골수팬은 시즌 공개가 아무리 늦어져도 종영이라고 단념하지 않는 법이다.

이 자리를 빌려 다섯에게 우리가 맺은 계약에 대해 다시 한번 상기시키는 바다.

우리는 카피라이터들답게 책 이야기를 자주 했지. 모두가 빠짐없이 좋아하는 책 중에는 김하나, 황선우 작가의 『여자 둘이 살고 있습니다』가 있었고. 혼자가 아닌 둘이 살기 때문에 누릴 수 있는 것들이 많으면서 결혼이 아니기에 가뿐한, 그런 삶을 꿈꾸는 누군가에게 신선한 응원이 되는, 조립식 가족에 대한 이야기 말이야. 우리 중 한 명이 한술 더 떠서 『여자 여섯이 살고 있습니다』를 쓰자고 제안했던 거 기억나니. 우리는 신이 나서 계획을 세웠잖아.

J: 일단 제목부터 어그로 확실히 끄는 거예요.

E: 여자 둘도 흥미로운데 여자 여섯? 그 세 배인 거지.

K: 다 같이 쓰면 빨리 쓸 것 같은데?

L: 일단 공저로 하고 이런저런 진행 사항들은 밀루님이

대표로 하세요. 카피라이터 네임 밸류도 있고, 제일
빨리 유명해질 것 같으니까.

T: 그래도 인세는 얄짤없이 n빵 하는 거예요. 아시죠?

K: 책을 쓰려면 일단 우리가 진짜 같이 살긴 해야 해.

L: 둘씩 방 쓰는 걸로 하고, 방 세 개에 화장실 두 개,
거실 하나 있는 아파트 정도는 사야겠네.

E: 집값은 밀루님이 90% 부담하시고 저희가 나머지
2%씩 분담하는 거 어때요?

T: 합리적인데? 아무래도 밀루님이 우리 중에 돈을 제
일 잘 버시잖아요. 계약 콜?

J: 에이, 저희가 요리랑 청소는 할게요. 선심 썼다!

나: 그래그래. 계약한다 계약해.

정말, 못 말리는 젠지들 같으니라고.

'그러나'의 시간

어림잡아도 인생에서 의식이 있는 시간의 1/7은 술에 취해 있었을 것이다. 벌써 전국의 비음주인들이 경악의 숨을 들이쉬는 소리가 들린다. 그게 가능하냐고. 어쩌다 그렇게까지 됐냐고. 술과 나의 관계는 거부할 수 없는 주종 관계와도 같았다. 나는 술을 격렬히 추앙하고, 쫓아다니고, 술을 위해서라면 무엇이든 하는 술의 노예. 술은 나에게 달콤한 쾌락을 허락했다가, 긴장을 풀어 주었다가, 가끔은 상상하지도 못한 고통을 내리는 고약한 주인님. 나는 저항 못할 쾌감에 몸부림치며 밤마다 술에게 외치는 것이다. 더 채워 주세요! 좋아요! 이제 그만! 아니 멈추지 마요! 역할이 고정된 SM 플레이와도 같은 우리의 관계는 어느새 20년을 훌쩍 넘어 이어져 왔다.

몇 해 전 6년간 산 집에서 이사를 떠나며 쓸데없는 계산을 해 보길 좋아하는 버릇이 도져 그 집에서 마신 맥주의 양을 셈해 본 적이 있다. 하루에 적어도 500ml, 매일 마셨으니 1년이면 182L, 6년이면 1톤이 되겠다 싶었다. 혼자 맥주 1톤을 마신 여자. 클릭을 유발하는 해외 토픽 기사의 헤드라인 같은 서술에 스스로도 경이로웠다. 〈"아빠는 누구?"…암컷뿐인 수족관서 태어난 새끼 상어〉, 〈소똥으로 그림 그리는 독일 화가, "냄새 걱정은 마세요"〉 그리고 〈혼자 맥주 1t을 마신 여성, "소변도 1t"?〉 이를테면 이런 제목으로 나열

165

되어 있을 것 같은 문장이다.

술을 좋아해 왔던 기억은 사케 잔에 따른 뒷술처럼 차고 넘친다. 일곱 살 때부터 술집의 분위기를 좋아한 될 성부른 아이, 알바비에 과외비를 쏟아부어 술 마시는데 탕진한 대학생, 월급날마다 오마카세에서 혼술 하는 직장인. 어느 날 '박지우가 술을 좋아하는 것은 정말로 진실인가'라는 재판의 피고인이 된다면 법정에 제출할 증거가 이리도 충분한 것이다.

이쯤 되니 이토록 술에 목매는 이유에 대해 명문화해 두어야겠다는 생각이 들었다. 이러시는 이유가 있을 거 아니에요. 왜 나는 술을 사랑하는가. 인생의 대전제를 규명하는 중요한 작업이기에 신중하게 접근해 보기로 했다. 우선 주변의 음주인들에게 설문해 보았다. "형님은 왜 술을 좋아하세요?" "술을 좋아하는 데 이유가 어디 있냐? 이유를 생각하고 마신다는 건 술을 진짜 좋아하는 게 아닌 것이야." 그는 음, 술꾼대였다. 술자리에서 어쩌다 만난, 술 좋아하기로 이름난 후배에게도 물어보았다. "너는 술을 좋아하는 이유가 뭐라고 생각해?" "누나, 술은 중추 신경계를 억제해서 긴장과 불안을 완화하는 효과가 있어. 또 뇌의 도파민 수용체는 술로 인해 자극이 되는데……" 그는 공대생이었다. "글쎄, 난 술 자체보단 술자리의 분위기를 좋아해" "난 맛있는 술만 좋아해. 과일 맥주나 칵테일 같은." "술을 마시면 사람들이랑 친해질 수 있잖아? 평소엔 못 하는 얘기도 하고."

여러 답변을 수집하고 대화하는 자리에서도 나는 매번 어김없이 취해 갔는데, 그러면서 나의 답도 점점 윤곽을 드러냈다. 사람들의 말에 자꾸만 "그 말도 맞지, 그러나……"라고 반론을 제기하고 싶어졌던 것이다. "이유가 없어도 되죠, 그치만 애인을 좋아하는 이유라면 많으면 많을수록 좋은 거 아녀요……" "과학적인 작용이 맞긴 맞지. 그러나 그 뭐냐 그 어떤 낭만이라는 것이……" "나도 술자리의 분위기를 좋아해. 하지만 혼술도 꽤나……" 아하. 내가 술을 좋아하는 까닭은 그 '그러나'에 있었다.

이미 단단하게 굳어 버린 무언가를 한 꺼풀 벗겨 그 너머의 이면을 드러내는 힘이 술에는 있다. 평소에는 점잖은 어른의 가면을 쓰고 있다. 그러나, 술을 마시면 발칙한 얼굴이 드러난다. 맨정신으로는 좋아하는 사람들에게 말을 건넬 용기가 부족하다. 그러나, 취해서는 온갖 낯부끄러운 말들도 강스파이크로 던져 버린다. 매일매일 크고 작은 일로 좌절한다. 그러나, 술을 마시고 푹 자고 일어나서 어제는 잊고 오늘을 살면 된다. 낮의 우리는 서로를 잘 모른다. 그러나 술자리에서의 당신과 나는 서로의 비밀까지 알게 된다. 이것을 나는 '그러나'의 시간이라고 명명하기로 했다.

'그러나'의 힘은 강력하지만 선악의 구별이 없어서 가끔은 우리를 악 소리 날 만큼 괴롭게도 만든다. 기분 좋게 마셨다고 생각했는데 그러나 필름이 끊겨 버린 어느 날 아침. 전화해서는 안 될 사람에게 그러나 전화해 버린 간밤의 통화 목록. 내가 또 술 마시면 개다,라는 약속을 그러나 또 49만 8천 번쯤 어기고 개로 진화해 버린 수많은 인간들. 다음 날 아침에 후회할 걸 알면서도 그러나 달려 버린 다음 날의 끔찍한 숙취. 그러나, 이 모든 흑역사를 상쇄시키고 또 찾게 만드는 마력. 그것이 '그러나'의 힘이다.

내게는 소박하고도 원대한 계획이 하나 있다. 그것은 모든 애주가의 꿈이기도 한 '내 술집 차리기'다. 단골 술집을 가져 본 술꾼이라면 그려지는 풍경이 있을 것이다. 널리 알려지지 않은 골목에 숨은 나만의 아지트. 내가 문을 열고 들어가면 특별히 환대해 주는 공간. 늘 마시는 술을 따라 주고 즐겨 듣는 음악을 알아서 틀어 주는 곳. 신메뉴가 나오면 먹어 보라고 서비스로 내어 주는 그런 집. 그 아늑한 세계를 내가 직접 만드는 것이 은퇴 후 언젠가의 목표다.

아직 동네도 정해지지 않았고 건물도 인테리어도, 심지어 생맥주 기계 하나조차 구비되지 않은 술집이지만 이름만큼은 가지고 있다. 〈그러나바〉. 외국에서 열게 될 경우를 대비해 영어 이름도 물론 마련해 두었다.

〈Howebar〉. 이곳의 모토는 역시나 '그러나'다. 낮의 시간이 좌절스러웠거나 따분했거나 무력했던 사람들이 와서 그 모든 기분을 뒤집을 수 있는 곳, 이미 멋진 하루를 보내고 온 사람일지라도 또 다른 즐거움을 만날 수 있게 하는 곳을 목표로 한다.

음식을 만드는 철학에도 이 모토가 철저히 적용된다. 메뉴판을 보자. 밥보다 고기가 더 많은 제육덮밥, 그러나 비건용으로도 준비된. 어디서나 흔히 볼 수 있는 꼬치구이, 그러나 손님이 가지고 온 재료라면 삼각김밥이든 낚아 온 생선이든 무엇이든 구워 주는. 술도 마찬가지다. 고급 양주, 그러나 가격만은 저급한. 목젖이 찢어지게 차갑고 맛있는 생맥주, 그러나 2000cc나 3000cc는 없고 오직 330cc 잔으로만 파는. (큰 통에 담긴 맥주는 뒤로 갈수록 그 짜릿한 맛이 덜하기 때문이다)

그리고 주인은 습관적으로 '그러나 봐…'라고 말한다. "애인이랑 싸웠다고? 비 온 뒤에 땅이 굳으려고 그러나 봐." 이토록 긍정적이다. "시험을 잘 봤다고? 그러다 장학금 받으려고 그러나 봐." 이토록 응원도 잘하고. "상사한테 또 깨졌다고? (손님이 F일 경우) 참 나. F씨가 얼마나 속상할지 몰라서 그러나 봐. (손님이 T일 경우) 그 사람 T씨 재능을 아직 몰라서 그러나 봐." 이렇게나 맞춤형 대화가 가능한 데다가 "우리 가게가 너무 좋다고요? 나도 손님이 유난히 좋더라니 단골이 되려고 그러나 봐." 어찌나 붙임성까지 좋은지.

가게가 조금 더 자리 잡으면 확장공사를 할 것이다. 술을 베이스 삼아 가지각색의 취향을 더해 리큐어로 즐길 수 있는 공간을 마련할 생각이다. 취함과 취향은 합체하기에 너무도 좋은 상성을 지니고 있으니까. 음질 좋은 헤드폰 몇 개와 뮤직 플레이어가 테이블에 놓여 있고, 부자 뮤지션이 된 것 같은 기분을 선사하는 소파에 앉아 이달의 추천곡을 들어 볼 수 있는 '들어나 봐'. 다른 한편에는 색연필과 펜, 스케치북이 있고 손님들의 작품이 벽에 빼곡히 전시된 '그려나 봐'. 술은 인간의 예술가적 기질을 자극한다. 예술이라는 이름에 이미 술이 들어 있지 않은가…… 그 외에도 '물어나 봐' '굴러나 봐' 등등 다양한 공간이 마련될 예정이지만 더 이야기하면 영업 비밀 누설(혹은 뇌절)이 될 것 같으니 더 이상의 자세한 설명은 생략한다.

나도 참 웃기고 앉았다. 한 사람의 생애에서 중요한 변곡점이 될 법한 계획들, 이를테면 언제쯤 결혼을 해서 몇 명의 아이를 양육하고 싶다든지 어떤 직장으로 이직을 하고 어디에 어떠어떠한 형태의 집을 갖고 싶다든지 하는 그 모든 씨실과 날실을 느슨히 둔 채로 나는 훨씬 멀고도 늦어 보이는 은퇴 이후 술집 운영에 대한 상상만을 이토록 구체적으로 촘촘히 짜고 있는 것이다. 단지 그것이 가장 황홀한 상상이라는 이유만으

음주가무

로. 내가 좋아하는 것들의 총합이자 결정체가 될 거라는 확신 하나로.

인터넷에서 읽은 오타쿠의 특징이 떠오른다. 오타쿠는 원래 누가 물어보지 않아도 자신이 좋아하는 주제를 나불거리고는 한다. 그러나 어쩌겠는가. 좋아하는 것을 죽을힘을 다해 좋아한다고 말하는 그 순간이 너무나 좋은 것을.

찰랑한 나날 　　　　　（음주가무）

좋아하세요? -07

초판 1쇄 발행 2023년 12월 22일

지은이　　　박지우
펴낸이　　　이광재

책임편집　　김난아
디자인　　　이창주, 박효원
마케팅　　　정가현
영업　　　　허남, 성현서

펴낸곳 카멜북스
출판등록 제311-2012-000068호
주소 서울특별시 마포구 양화로12길 26 지월드빌딩 (서교동 395-7) 3층
전화 02-3144-7113　팩스 02-6442-8610
이메일 camelbook@naver.com
인스타그램 www.instagram.com/camelbook

ISBN 979-11-93497-01-2 (03810)